李青松 主编

晋美看森林

JINMEI
KAN SENLIN

森林不仅仅是河流的源泉，它还是生命的源泉。
森林及其森林创造的美，会沉净你的忧愁和烦恼，
让你躁动的心平静下来。

山西出版传媒集团　北岳文艺出版社
BEIYUE LITERATURE & ART PUBLISHING HOUSE
·太原·

图书在版编目（CIP）数据

晋美看森林 / 李青松主编 . —太原：北岳文艺出版社，
2019.10
ISBN 978-7-5378-6038-3

Ⅰ. ①晋… Ⅱ. ①李… Ⅲ. ①报告文学－作品集－中国－当代 Ⅳ. ①I25

中国版本图书馆 CIP 数据核字（2019）第 233536 号

书　　名：晋美看森林
主　　编：李青松
责任编辑：李建华
书籍设计：张永文
印装监制：巩　璠

出版发行：山西出版传媒集团·北岳文艺出版社
地　　址：山西省太原市并州南路 57 号
邮　　编：030012
电　　话：0351-5628696（发行部）
　　　　　0351-5628688（总编室）
传　　真：0351-5628680
网　　址：http://www.bywy.com
E - mail：bywycbs @ 163.com
经　销　商：新华书店
印刷装订：山西出版传媒集团·山西新华印业有限公司

开　　本：720 mm×1020 mm　　1/16
字　　数：180 千字
印　　张：14
版　　次：2019 年 10 月第 1 版
印　　次：2019 年 10 月山西第 1 次印刷
书　　号：ISBN 978-7-5378-6038-3
定　　价：69.00 元

《晋美看森林》编委会

主 任
张云龙

副主任
李青松　尹福建　李振龙　康鹏驹

成 员
赵胜奇　王为民　周长东　常书平　温　根
常志勇　吴　强　李建平　梁小明　武玉斌
赵晋龙　王晓林　赵水清　张万勇

主 编
李青松　尹福建

副主编
康鹏驹　王晓林

插 图
亚　宁

目　录

何处是乡愁	梁　衡	1
管涔山	李青松	7
右玉种树	叶　梅	21
槐花儿开，枣儿红	李培禹	27
每一棵树都是风景	景　平	33
被绿叶照亮的土地	辛　茜	51
中条山上满眼绿	成向阳	71
黑茶山访绿	冷　杉	97
五台山的林海情缘	杨奕萍	109
太行山林区笔记	李青松	125
绿色的光辉	柴　然	133
青山不老	梁　衡	153
一种精神	李青松	157
老马和他的林子	杨奕萍	171
使命的载重	樊文裕	177
文峪河之源	冷　杉	183
碛口枣事	李青松	197
森林就是我的另一条生命	成向阳	205
南潭泉记	梁　衡	215
后记		217

何处是乡愁

◇ 梁　衡

　　乡愁，这个词有几分凄美。原先我不懂，故乡或儿时的事很多，可喜可乐的也不少，为什么不说乡喜乡乐，而说乡愁呢？最近回了一趟阔别60年的故乡，才解开这个人生之谜。

　　故乡在霍山脚下，一个古老美丽的小山村，水多，树多。村中俩庙、一阁、一塔，有很深的文化积淀。我家院子里长着两棵大树，一棵是核桃，一棵是香椿，直翻到窑顶上遮住了半个院子。核桃，不用说了，收获时，挂满一树翠绿滚圆的小球，大人站到窑顶上用木杆子打，孩子们就在树下冒着"枪林弹雨"去拾，虽然头上砸出几个包也喜滋滋的，此中乐趣无法为外人道。香椿炒鸡蛋是一道最普通的家常菜，但我吃的那道不普通。老香椿树的根不知何时从地下钻到我家的窑洞里，又从炕边的砖缝里伸出几枝嫩芽。我们

就这样无心去栽花,终日伴香眠。每当我有小病,或有什么不快要发一下小脾气时,母亲安慰我的办法是,到外面鸡窝里收一颗还发热的鸡蛋,回来在炕沿边掐几根香椿芽,咫尺之近,就在锅台上翻手做一个香椿炒鸡蛋。那种清香,那种童话式、魔术般的乐趣,永生难忘。当然炕头上的记忆还有很多,如在油灯下,枕着母亲的膝盖,看纺车的转动,听远处深巷里的狗吠和小河流水的叮咚。这次回村,我站在老炕前叙说往事,直惊得随行的人张大嘴合不拢,而村里的侄孙辈也如听古。因为那两棵大树早已被砍掉,河已不再,只有旧窑在,寂寞忆香椿。

出了院子,大门外还有两棵树,一棵是槐树,另一棵也是槐树。大的那棵特别大,五六个人也搂不住,在孩子们眼中就是一座绿山,一座树塔。长记树下总是拴着一头牛或一匹马。主杆以上枝叶重重叠叠,浓得化不开。上面有鸟窝、蛇洞,还寄生有其他的小树、枯藤,像一座古旧的王宫。而爬小槐树,则是我们每天必修的功课。隐身于树顶的浓荫中,做着空中迷藏。槐树枝极有韧性,遇热可以变形。秋天大人们会在树下生一堆火,砍下适用的枝条,在火堆里煨烤,制作扁担、镰把、担钩、木杈等农具,而孩子们则兴奋地挤在火堆旁,求做一副精巧的弹弓架或一个小镰把。有树必有动物。现在,野生动物事业,就归国家林业和草原局来管。村里的野物当然也不离古树。

各种鸟就不用说了，松鼠、黄鼠狼、獾子、狐狸的造访是家常便饭。夏天的一个中午，正日长人欲眠，突然老槐树上掉下一条蛇，足有五尺多长，直挺挺地躺在树荫中。一群鸡，虽以食虫为天职，但还从未见过这么大的虫子，一时惊得没有了主意，就分列于蛇的两旁，圆瞪鸡眼，死死地盯着它。双方相持了足有半个时辰。这时有人吃完饭在河边洗碗，就随手将半碗水泼向蛇身。那蛇一惊，嗖地一下窜入草丛，蛇鸡对阵才算收场。现在，就是到动物园里，也看不到这样的好戏。

还有一天的晚上，我一个叔叔串门回来，见树下卧着一个黑影，便上去踢了一脚，说："这狗，怎么卧在当道上！"不想那"狗"嗖地翻身逃去。星光下分明是一条狼。大约是来河边喝水，顺便在树下小憩片刻。第二天听了这故事，很令人神往，我们决心去找这只狼。长期在农村，早得了关于狼知识的秘传：铜头、铁身、麻秆腿。腿是它的最弱项。傍晚时分，四五个孩子结伴向村外走去。随身带上镰刀、斧头、绳子，这都是平时帮大人打柴的家什。大家七嘴八舌，说见了狼，我先用镰刀搂腿，你用斧砍，他用绳捆。正说得热闹，碰见一个大人，问去干什么？答，去找狼。大人厉声训斥道："天快黑了，你们还不都喂了狼？给我回去！"我们永远怀念那次未遂的捕狼壮举。

出大门外几十步即一条小河。流水潺潺，不舍昼夜。河边最热闹的场景是洗衣。在没有自来水和洗衣机之前，这是北方农村一道最美丽的风景，是家务劳动，也是社交活动，还是一种行为艺术。女人和孩子们是主角，欢声笑语，热闹非凡。许多著名的文艺作品都喜欢借用洗衣这个题材，如藏族舞蹈《洗衣歌》，歌剧《小二黑结婚》等。我们山西还有一首原汁原味的民歌就叫《亲圪蛋下河洗衣裳》。印象最深的是河边的洗衣石，有黑、红、青各色，大如案板，溜光圆润。这是多少女子柔嫩白净的双手，蘸着清清的河水，经多少代的打磨而成的呀。河边总是笑声、歌声、捶衣声，声声入耳。偶尔有一两个来担水的男子，便成了女人们围攻的目标。现在想来，那洗衣阵中肯定有小二黑、小青、亲疙蛋等。洗好的衣服就晒在岸边的草地上，五颜六色，天然画图。

我们常在河边的青草窝里放羊，高兴时就推开羊羔，钻到羊肚子下吸几口鲜奶，很是享受。那时也不懂什么过滤、消毒。清明前后，暖风吹软了柳枝，可褪下一截完整树皮管，做成柳笛，呜哇，呜哇地乱吹。大人不洗衣时我们就在这洗衣石上玩泥，或坐上去感受它的光润。那时洗衣用皂角，村里一棵硕大的皂角树，一季收获，够全村人用上一年。皂角在洗衣石上捶碎后，它的种子会随河水漂流到岸边的泥土里，春天就长出新的皂角苗。小村庄，大自然，草木之命生生不息，孩子们的心里阳光满地。大家比赛，看谁发现了一株最大的皂角苗，然后连泥捧起种到自家的院子里。可惜，这情景永不会再有了，前几年开煤矿破坏了地下水，村里的三条河全部干涸，连河床都已荡平，树也没了踪影。洗衣歌、柳笛声都已成了历史的回声。

忆童年，最忆是黄土。我的老乡，前辈诗人牛汉，就曾以敬畏的心情写过一篇散文《绵绵土》。村里人土炕上生，土窑里长，土堆里爬。家家院里有一个神龛供着土地爷。我能认字就记住了这副对联"土能生万物，地可载山川"。黄土是我的襁褓，我的摇篮。农村孩子穿开裆裤时，就会撒尿和泥。这几年城里因为环保，不许放鞭炮，遇有喜事就踩气球，都市式的浪费。且看当年我们怎样制造声响。一群孩子，将胶泥揉匀，捏成窝头状，窝要深，皮要薄。口朝下，猛地往石上一摔，泥点飞溅，声震四野，名"摔响窝"。以声响大小定输赢，以炸洞的大小要补偿。输者就补对方一块泥，就像战败国割让土地，直到把手中的泥土输光，俯首称臣。这大概源于古老的战争，是对土地的争夺。孩子们虽个个溅成了泥花脸，仍乐此不疲。这场景现在也没有了，村子成了空壳村，新盖的小学都没有了学生。空空新教室,来回燕穿梭。村庄没有了孩子,就没有了笑声,也没有人再会去让泥巴炸出声了。

农家的孩子没有城里人吃的点心,但他们有自己的土饼干。不是"洋"与"土"的"土",是黄土地的"土"。在半山处取净土一筐,砸碎,细筛,炒热。将发好的面拌入茴香、芝麻,切成条节状,与土混在一起,上火慢炒至熟,名"炒节子"。然后再筛去细土,挂于篮中,随时食用。这在城里人看来,未免有点脏,怎么能吃土呢?但我们就是吃这种零食长大的。一种淡淡的土味裹着清纯的麦香,香脆可口。天人合一,五行对五脏,土配脾,可健脾养胃,村里世代相传的育儿秘方。

从春到夏,蝉儿叫了,山坡上的杏子熟了,嫩绿的麦苗已长成金色的麦穗,该打场了。场,就是一块被碾得瓷实平整、圆形的土地。是粮食从地里收到家里的最后一道程序,再往下就该磨成面,吃到嘴里了。割倒的麦子被车拉人挑,铺到场上,像一层厚厚的棉被,用牲口拉着碌碡,一圈一圈地碾压。孩子们终于盼到一年最高兴的游戏季,跟在碌碡后面,一圈一圈地翻跟斗。我们贪婪地亲吻着土地,享受着燥热空气中新麦的甜香。一次我不小心,一个跟斗翻在场边的铁耙子上,耙齿刺破小腿,鲜血直流。

大人说："不碍，不碍。"顺手抓起一把黄土按在伤口上，就算是止血了。至今还有一块疤痕，留作了永久的纪念。也许就是这次与土地最亲密的接触，土分子进入了我的血液，一生不管走到哪里，总忘不了北方的黄土。现在机器收割，场是彻底没有了，牲口也几乎不见了，碌碡被可怜地遗弃在路旁或沟渠里，有点"九里山前古战场，牧童拾得旧刀枪"的凄凉。

没有了，没有了。凡值得凭吊的美好记忆都没有了。只能到梦中去吃一次香椿炒鸡蛋，去摔一回泥巴、翻一回跟斗了。我问自己，既知消失何必来寻呢？这就是矛盾，矛盾于心成乡愁。去了旧事，添了新愁。历史总在前进，失去的不一定是坏事，但上天偏教这物的逝去与情的割舍，同时作用在一个人身上，搅动你心底深处自以为已经忘掉了的秘密。于是岁月的双手，就当着你的面将最美丽的东西撕裂，这就有了几分悲剧的凄美。但它还不是大悲、大恸，还不至于呼天抢地，只是一种温馨的淡淡的哀伤，是在古老悠长的雨巷里"逢着一个丁香一样的结着愁怨的姑娘"。乡愁是留不住的回声，是捕捉不到的美丽。

那天回到县里，主人问此行的感想。我随手写了四句小诗：

何处是乡愁，云在霍山头。儿时常入梦，杏黄麦子熟。

作者简介

梁衡，学者、作家、新闻理论家。曾任《光明日报》记者、国家新闻出版署副署长、《人民日报》副总编辑、中国作家协会全委会委员。著有散文集《觅渡》《洗尘》《把栏杆拍遍》《千秋人物》《树梢上的中国》《梁衡杂文集》、新闻研究集《新闻四部曲》、科普小说《数理化通俗演义》、学术专著《影响中国历史的十篇政治美文》《我的阅读与写作》《毛泽东怎样写文章》等，出版有《梁衡文集》九卷。曾荣获赵树理文学奖、全国优秀科普作品奖、鲁迅杂文奖金奖和中宣部"五个一工程"奖。

管涔山

◇ 李青松

汾河源

管涔之山,汾水出焉。

汾河源头在管涔山上,具体在管涔山上哪个山头?哪条沟里?我们要用自己眼睛亲眼看看。我们翻山越岭,奔波不歇,向北,向北,还是向北,去寻找汾河源头。其实,也不用我们找了,前人早就替我们找好了——源头在管涔山脚下雷鸣寺。

转过山脚,忽的一下,视野阔了,眼界宽了,前面是一块川地。先看到的是一个蓝色牌子,上书"汾河润三晋,源头在管涔"十个大字,接着突地出现一个大水塘,塘里的水汩汩地涌动着,泛着翡翠般的绿色。

水塘东边是一崖壁,陡峭峻朗。我们沿崖壁下端缓步前行,来到一处紧贴崖壁而建的寺庙——这就是雷鸣寺了。近前观之,只

见寺庙前一金字塔般的玻璃罩子罩住一物,那物还能是什么？不用问,一准就是泉眼了。

"为何罩住？"

当地朋友管涔山林区管理局局长常志勇说："不罩不行啊！游客总向泉眼投硬币,天长日久,硬币堆积成了一座小山,快把泉眼堵死了。没有办法,只好把泉眼罩起来了。确实有点不太雅观。"

常志勇无奈地摇摇头。"不过,"他说,"这还不是真正的源头呢。"

"啊？使出了障眼法吗？"我们疑惑地看着他,"此处还有玄机？——你是故意吊大家胃口呀！"常志勇吧唧吧唧嘴巴,没言语,笑了。一干人也都笑了。

吱呀一声,常志勇推开一道门。哇——！眼前是一口井,井里的泉水咕嘟咕嘟冒着。准确地说,这是一口井泉。井口上架着一个辘轳,井绳蛇一样缠绕在辘轳上,绳子的一端系着一个小木桶。

常志勇娴熟地摇着辘轳,三下两下,四五六七下,就提出了一桶泉水。他示意我喝,我看看他,看看桶里的水,还等什么呢,撸起袖子,俯下身去,双手端着桶沿,嘴贴在桶沿的豁口处就猛地喝了一口。——呀,甘甜爽润,清冷无比呢！

早年间,汾河一度是漕运的重要水路,繁盛喧嚣。那时,管涔山林区的木材出山,主要靠放排。成批成批的木头在水边扎成排,推到汾河里流送,一路漂流到太原,再上岸运送到各地。放眼望去,河面上木排连着木排，首尾相距几公里，排工的号子喊声连天。

当时，"万筏下河汾"的场面甚是壮观。

管涔山森林涵养的水源造就了汾河，汾河的荣耀和辉煌自然就是管涔山森林的荣耀和辉煌了。

缪尔说："那种认为，有了水才有森林的观点是错误的。实际上，正相反，是有了森林才涵养了水源。"是的，森林之根系布满大地，纵横交错，形成网状的巨大海绵，将云彩施与的甘霖储藏起来，化作汩汩清泉，造就了溪流，造就了汾河。

然而，20世纪90年代初期，由于森林过度砍伐和煤矿滥采，导致管涔山生态遭到严重破坏。水系紊乱了，地下水位下降了，汾河几乎断流。

这些年，管涔山林区的天然林保护工程和退耕还林工程取得明显成效，生态系统趋于稳定，水源涵养情况喜人。——汾河源头的水量变化指数，能够说明一切。

常志勇对我说："从汾河源头监测数据来看，源头水量比二十年前明显增大。"

是啊，时间可以愈合伤口，时间也可以使生态重现生机。

当然，美好的事物从来不是等来的，时间里更有人的努力。

褐马鸡

它，绝对是中国的特产野生动物——因为除了中国，地球上其他国家压根就一只也没有。而中国，除了管涔山、黑茶山、太岳山和中条山等狭长区域，其他地方也难见其踪影。

褐马鸡——国家一级重点保护野生动物。保护规格堪比大熊猫。

在古籍中，褐马鸡曰之"鹖"。《禽经》里，称其为"毅鸟也。毅不知死"，也就是说褐马鸡有"斗死不怯"之习性。——这真是奇怪的鸟，相争相斗时，没有输赢，只有一死。

古时候，帝王常常用它的羽翎做成"鹖冠"奖赏给打仗有功的武将。当然，不是帝王自己亲手做，而是"有关部门"做好后，搞个仪式，经帝王之手给武将亲自戴在头上。雄赳赳，气昂昂，威武凛然。

褐马鸡白天在林下觅食，沙棘果、橡子果等是它的最爱。它也能飞翔，但飞翔不是它的特长，距离超过一千米一准累得掉下来，飞一两百米刚刚好。它夜宿于树上，双爪紧紧抓住树枝，依然睡得很香。

它不会做巢。即便是巢，也无非是树下腐殖层或落叶层上胡乱刨出一个坑，就算是巢了。而这也只是为了产蛋和孵蛋用，并不是完整意义的家。我们该怎样理解这种奇怪的鸟呢？它的天敌很多，黄鼬、黑鼬，还有各种猛禽都可以把它和它的蛋吃掉。

可以说，它的生存格外艰难，时时处处都存在可能丧命的危险。

然而，褐马鸡并非温顺、乖巧的鸟。

褐马鸡脾气暴烈，生性好斗，具有同类相残的本性。如有一鸟受伤流血，群鸟不是同情它，照顾它，呵护它，而是围殴攻之，并置之死地，不留活口。为何对流血的同类如此残忍呢？不得而知。据说，鲸鱼也有此类现象。

我在管涔山时，看见一个保护区鸟舍里有一铁笼，问之用途。当地朋友告诉我，铁笼是救助受伤褐马鸡的"安全屋"。褐马鸡争斗时，如有受伤流血者，饲养员便将其急置于笼中，与众鸟隔离，避险，确保安全。

褐马鸡是山西省省鸟，晋人皆知，非晋人知道的也不少。在管涔山、黑茶山、关帝山等林区，行人在路上常见走失的雏鸟，拾之，送救助站，每年都有多起，已经不是新闻了。

汽车在山间公路行驶时，见褐马鸡横过马路，司机便停车观之，为其让路。

山西省林草局副局长尹福建告诉我，褐马鸡是管涔山林区标志性野生动物。这些年，褐马鸡数量呈逐年上升趋势，过去不足一千只，现在经红外线设备监测，种群数量应在两千八百只左右。

我说："也许，这里是地球上，褐马鸡种群最大的一支了。"

"嗯，差不多。还没听说哪里比这里更多。"

"对，其他地方只是零星的小群。"

尹福建说："褐马鸡的生境要求非常苛刻，种群数量增多，意味着管涔山的生态系统越来越好了，生物多样性越来越丰富了。"

我问："褐马鸡到底有什么价值呢？""就像大熊猫一样。大熊猫有什么价值呢？恐怕真是一下难说清楚。"尹福建沉思片刻说，"褐马鸡从不发生鸡瘟，这是科学至今无法解释的。"

"它的遗传基因一定很特殊吧？"

"是啊！科学家们正在对它进行研究，也许这需要很长时间。"尹福建说，"我们能做的就是先把物种保护下来，待科学发展到一定程度，褐马鸡身上更多的价值，自然会被发现。"

三棵树

管涔山林区，最常见的树就是油松、云杉、落叶松。也可以说这三种树构成了管涔山森林群落的主体。油松，生猛强势，甚至有些霸道，从不谦让。它的神态和举止都异常神奇，异常另类。它是森林中当然的王，无可争议地掌控着这片土地，这片竞争激烈的空间。

有它的地方，阳光和水分就难有其他植物的份了。管涔山的气候和土壤是最适合油松生长了，它占据着森林中最显著的位置，在风的鼓动下，制造出一波又一波汹涌澎湃的松涛。

从油松树下走过，松脂和菌类合谋生发出的气息，令人想入非非。

松果也饱满，个头大。一不小心，被风从树上摇下来，恰好砸在贼头贼脑的松鼠背上，生疼生疼。

云杉，挺拔清秀，呈灰绿色，树形如塔，有谦谦君子之风度。不管是独株，还是多株，还是群落，都保持着应有的自律和节制，绝不任性。它具有一种恍若隔世的奇异气质，默默无言，沉静稳健。

它的树枝分生出无数鲜嫩的枝丛，一丝丝，一束束，相拥相抱，带给人无尽的遐想。叶子极其浓密，优雅细腻。所有的叶子都紧致有序，规规矩矩，形成一种仪仗队的样态。它的下垂的枝条，严严实实地包裹着树身，一直包裹到地面。它的根，向地下尽可能远的地方延伸，牢牢地抓住大地。

是的，根深才能叶茂。远远看去，云杉呈现着一种雕塑般的美。当金色的花粉成熟时，它们将整个树身染成金黄。花粉幽香的气味，在林间弥漫，久久不散。

而落叶松呢，则是一种智慧的树。它冬天落叶，光秃秃的，单株看，不怎么好看，但却保存了营养和体能。春天来了，它就快速披上绿装，噌噌生长，从不游手好闲，无所事事，浪费时间。它的使命，就是努力向上，去接近阳光。

天　池

长白山有个天池，天山有个天池，管涔山——也有个天池。据我观察，凡有天池的山，必是通天的，也是通海的。

此话怎讲？

通天则意味着高，高则意味着寒。青藏高原有积雪吧？天山有积雪吧？长白山有积雪吧？哪怕是五月六月，甚至七八月。

管涔山也不例外。五六月间，遥望群山之巅也能看到积雪。

通海是怎么回事呢？通海是反向的，是往下的。管涔山怎么会通着海呢？准确地说，不是管涔山通着海，而是管涔山上的天池通着海。其实，管涔山上的天池并不大——"广五里，水不测深浅，天旱不涸，阴霖不溢"。这段文字是康熙年间一位叫黄图昌的知县写下的。有点意思。天池的水到底有多深呢？历朝历代没有人能探测出来。

天池为何不涸？为何不溢？总该有原因的呀，如果找不出原因，只有一种可能了——天池底下有秘密。

是的，天池底下有秘密。它"潜通桑干河"。证据何在？黄知县讲了个故事。他说，昔人赶着一辆木轮牛车出门，路上遇到一股狂风，一下把车掀翻了。车轱辘掉下来，咕噜噜滚到天池里。几天后，车轱辘居然从桑干河上漂出来了。

有人不信，说怎么会呢？于是，眉头一皱，计上心来。"拿鱼来！拿鱼来！"，就把七条鱼用细绳穿上金珠放进天池里，可是，没几天，有人就在桑干河里发现了七条穿着金珠的鱼。奇也！不信的人终于信了。

由此断定，天池池底通着桑干河呢。而桑干河通着海河，海河通着大海。如此如此，管涔山的天池通着大海，不就找到逻辑关系了吗？

其实，地球上没有孤立的事物，万物都是联系的。生态是个整体，有一条看不见的线连着呢。

巨　木

远古时代，管涔山就生长茂密的原始森林——可谓林木恒茂，古木参天。北魏时，平城（大同）曾为国都。伐管涔山巨木，兴建楼烦宫。隋时，隋炀帝杨广虽广种"隋柳"，却也伐了不少管涔山的巨木，在汾河腹地建造数十里离宫殿宇，供避暑游猎之用。秦朝，造阿房宫，长安近山已无巨木，求之岚胜间（管涔山一带）。万工举斧以入，千寻百围，声震连峦，林填层豁。这里出产的巨木被大量运往长安。

柳宗元《晋问》曰："晋之北山有异材，梓匠工师之为宫室求大木者，天下皆归焉"。

当时，哪些著名的建筑用的是管涔山产的巨木呢？——除了阿房宫，还有丛台宫、长乐宫、未央宫、昭阳宫。等等。宋时，造玉清宫、应照宫，又大量砍伐管涔山森林。

至北宋末年，管涔山森林锐减。

山西应县木塔是建筑史的奇迹。木塔高六十七米，耗用巨木（均为落叶松巨木）三千立方米以上。整体建筑全部是木结构，没有用一根金属铆钉。管涔山民谚"砍尽黄花梁，修起应县塔"——黄花梁乃管涔山中之山，民谚道出了应县木塔的木材来源。民国初期，管涔山森林面积不足三十七万亩。山中巨木几乎净尽。

然而，斧锯之声从未停歇。

铁路业兴起，也吞噬了大量森林。北洋政府，修平汉铁路和正太铁路时，采运管涔山木材十五万根，做枕木。此后，阎锡山修建同蒲铁路及其支线，所用五十万根枕木，也是产自管涔山林区。

那时，木材市场异常活跃。管涔山林区的宁武县城及东寨镇就有木行三十余家，木商云集，包山采伐，批买批卖。很多木材销往大同、张家口、绥远、察哈尔等地。日军侵占山西后，更是不放过管涔山的森林，开设四三木材加工厂、木器制造厂，组建采伐队，还铺设了从东寨到宁武的三十公里窄轨轻便铁路，专门用小火车运输木材，对管涔山森林资源进行大肆掠夺，盗走木材四万五千立方米。许多山头，几乎砍伐殆尽。

管涔山，曾一次一次惨遭屠戮。

然而，管涔山，一次一次又不可思议地恢复了生机。

一个人与管涔山

在管涔山林区，老一辈人常跟我讲起一个人——周恭。听他们周书记周书记地叫着，讲述着那些往昔的故事，从话语里和眼神中，我明显感觉到，管涔山人对他是怀着崇敬的，尽管他已故去几十年了。

周恭出生于管涔山。抗日战争时期，曾任管涔山游击队队长，设埋伏，端炮楼，打得鬼子屁滚尿流。他有勇有谋，屡立战功。1946年7月，宁武县城解放。周恭出任宁武县首任县长。后调到省城太原工作。想想看，以这样的资历，顺风顺水，官职本可以做得更大，但那不是他内心的追求。

1958年，他放弃了省城的工作和舒适的生活，毅然回到管涔山，出任林区党委书记，以山为家，以林为伴，以绿为荣，以苦为乐。他是管涔山的"活地图"。他翻山岭，钻密林，涉湿地，攀悬崖，进林场，住农家，一年又一年，他跑遍了管涔山林区的山山水水，沟沟坎坎。他熟悉那些云杉、油松，落叶松的群落世界。喜欢闻松脂的气味，喜欢倾听鸟的歌唱。

然而，光有情怀是不够的。因为，周恭面对的都是棘手的问题。周恭接手的管涔山林区虽然千疮百孔，但一切问题的背后都是人的问题。林区要发展，人才是关键。周恭在秋千沟林场创办了林区第一所林业技术学校，培养的首批一百余名毕业生，成了林区各个林场的技术骨干。

之前，林区的通讯相当落后，还是那种"鸡毛信"的通讯方式，这怎么行呢？周恭经过踏查，决定架设林区电话线，电线杆子就地取材，一下就架设了一百三十公里。汾源、荷叶坪、大石洞、芦芽山、杜家村、北沟滩、接官亭、羊圈沟、深山坞、怀道、店坪、轩岗等经营所和林场都通了电话，彻底告别了原始的凭借脚力送"鸡毛信"的通讯方式。

早年间，管涔山林区木材运输，一直沿用畜运、冰运、水运等古老的运材手段。就拿冰运来说吧，伐木工清早从东寨出发，沿着冰河要走三十里才能到达马家庄采伐区。再把伐倒的木头一根一根沿冰河运到东寨贮木场，往返一次就得需要六小时，效率极低。日军侵占管涔山时期，虽有一段窄轨铁路，但日军投降后基本就废弃了。修林区公路，不仅是运输木材的需要，也是林区森林防火的需要。经过勘察设计，林区公路很快开修了。

那时，修公路没有专业施工队，全是林区干部职工自己义务劳动。周恭也撸起袖子，挥动镐头，带头参加义务劳动。公路在一寸一寸向前延伸着，林区的交通在一天一天改变着。整整用了七年时间，林区相继筑通了八条干线公路，十三条防火公路，总长度达到两百多公里。

那些公路，虽然已经疲惫不堪，伤痕累累，但年年修修补补，至今还在发挥着作用。

是的，它们见证了林区的荣耀与辉煌。——它们本身就是林区的荣耀与辉煌。

在周恭掌管管涔山林区期间，森林资源不但没有减少，反而长大于消，由新中国成立初期三十万亩，增加到六十万亩——这在那个年代，简直就是传奇。

他创造的"轻勤抚育法"得到林业部充分肯定，并在全国林区推广。管涔山的主要树种是云杉和落叶松。这些林木密度大，根系浅，层次分明。过去的采伐规程，是按照林木百分之二十五的比例进行采伐。周恭发现，这种采伐方式不妥。由于冬季雪大，作业时间长，此种采伐法会造成很多中幼树木风倒雪折，损坏资源。如果改进采伐方式，按林木百分之五的比例采伐，五年至七年轮回一次，就会减轻强度，缩短时间，也不会对下层中幼龄树木造成伤害。此法——被命名为"轻勤抚育法"，广受赞誉。在那个时代，他凭一颗善心，尽最大努力，保护了那些树。

周恭说："森林不是为了一时所需，更要考虑长远。青山常在，才能永续利用。"

周恭已经离世几十年，但管涔人依然时时想起他。

今天，当我们置身管涔山百万亩林海时，一个人与一座山的故事，也深藏在我们心中了。

封 禁

管涔山，史称燕京山，管子山。具体方位在哪里？——北承阴山余脉,南接吕梁云中,西抵黄河东岸,东衔洪涛侧翼。志书上是这样描述的:"群峰逶迤,重峦叠嶂,绵延腾骧,气势磅礴。"

管涔山,雄踞于晋西北黄土高原东部,跨涉宁武、神池、五寨、岢岚、原平、静乐六个县市。主峰芦芽山——高2772米。管涔山的生态地位极为重要,它是"五河之源"。它与汾河的关系,就不多说了。另外四条河则是——北出塞外的桑干河,向东流去的滹沱河,向西注入黄河的岚漪河和朱家川河。

它面积多大?都有什么东西呢?

管涔山面积440平方公里,森林资源得天独厚,被誉为"华北落叶松的故乡""云杉之都"和"华北绿色明珠"。有褐马鸡、金钱豹、金雕、黑鹳、大鸨、原麝等珍稀野生动物。它是华北地区野生动物的天堂,也是不可复制的物种基因库,更是北京的西部生态屏障。

生态学家认为,生态系统的自然演变是生物进化的自然过程。森林按其自身的生物、生态学特征有自然萌生、发展、衰亡和再生的规律,而这种自然演替是通过种群间的竞争,在自然淘汰中实现的。

封禁是保护森林最有效的手段。然而,不是所有的地方都可以封育,封育是需要一定立地条件和一定时间的。而管涔山是最适合通过封育手段修复生态,再造森林的山区。

哪里长什么乔木,哪里长什么灌木,哪里长什么草——大自然最清楚不过了。减少人为的干扰或者压根就不去干扰,大自然会按照自己的方式长出该长的东西,只要给它时间。

"千年草籽,万年鱼籽"——这是对自然法则万古不变的生动描述。共和国第一任林业部部长梁希说:"封育是一种最经济的办法。"什么是经济?经济就是以最少的投入,去获取最大的效益。他还说:"封育要实行三禁,即禁樵采,禁放牧,禁垦荒。"

管涔山的首次封育始于何时呢?我猫腰撅腚地在典籍史料中细

细找寻,终于找到一些有价值的信息。管涔山首次封禁应该是在宋朝。宋真宗年间,管涔山不得伐木,不得开垦,实行封禁。这就使得森林迅速得到更新,以致"山林富饶",成为"材用之薮"。

明朝万历三年(1575年),由于推行"植树防戎"政策,管涔山北麓黄花梁一带,官树繁茂。明朝对山场的管理也十分严格,实行保甲制度,流民编成保甲,分立界限,责成看守界内林木。自盗者照例问罪,纵人盗而不举者一体连罪。

清代顺治年间,巨商图谋伐取管涔山林木。一个叫李文焕的朝廷官员上书皇帝,"以有限山木,一经斧斤,不过一二年间,山穷木尽,商窬税无。"由此,建议封禁,不得伐取。建议被顺治皇帝批准,诏告天下。从而,管涔山得以休养生息若干年。为了纪念李文焕之功德,管涔山民间特立了一块石碑,曰之——"民山碑"。

最大规模的封禁——应该是1998年"天保工程"的实施。管涔山林区构筑了三道森林保护的防线。一线护林员,二线管护站,三线巡逻队。他们尽职尽责,日夜守护着管涔山的森林,守护着这颗绿色明珠。

经过二十余年的努力,管涔山封禁取得明显成效,森林面积由新中国成立初期的不足31万亩,达到126万亩。

啧啧,相当于1949年之前的四倍呀。

森林之美

地球正面临着两个可怕的危机——其一,气候濒临崩溃;其二,生态濒临崩溃。

怎样才能避免危机呢?怎样才能防止崩溃发生呢?专家说,光靠技术手段无法解决气候变化问题,何况,一个问题解决之后,另一个问题又会产生。最可靠的方法,就是保护和恢复森林,特别是天然林。修复了自然,也就治愈了自然。

我们司空见惯的事物，我们习以为常的生活，需要重新思考和定位了。

管涔山森林有着别样的美。无论此前我走过多少路，去过多少北方或者南方的林区，也不能代替管涔山带给我的别样感觉，那样倾心和迷醉。

是的，管涔山的森林之美，曾经令我惊叹。

想起缪尔的一段话，他说："森林不仅仅是河流的源泉，它还是生命的源泉。森林作为用材林，它们的价值并不大，然而作为鸟和蜜蜂的牧场，作为灌溉农田的水源涵养地，作为人们可以迅速避开灰尘、热浪和焦虑，并且可以深呼吸的地方，它们的价值是不可估量的。"

缪尔还说："我用尽浑身解数来展示森林的美丽、壮观和万能的用途，就是要号召人们来保护它们，在保护的同时，来欣赏它们，享受它们，使它们得到可持续的合理利用，并将它们深藏心中。"

告别世俗的欲望和喧嚣，置身管涔山，尽情地深呼吸吧。森林及其森林创造的美，会洗净你的忧愁和烦恼，让你躁动的心平静下来。

——因为，此时此刻，我的感觉就是这样。

作者简介

李青松，生态文学作家，现任职国家林草局。中国作家协会报告文学委员会委员、中国报告文学学会理事、中国散文学会理事、第六届鲁迅文学奖评委。代表作品有《智慧之翼》《粒粒饱满》《遥远的虎啸》《一种精神》《茶油时代》《大兴安岭时间》《开国林垦部长》《薇甘菊：外来物种入侵中国》等。曾荣获新中国六十年全国优秀中短篇报告文学奖、徐迟报告文学奖、呀诺达生态文学奖。

右玉种树

◇ 叶 梅

右玉种树,年年都种,一年又一年,如今种了70年。

沙窝子里长大的娃娃王德功说:"70年前那风啊,春天要刮4个月,秋天要刮4个月,就像成群结队的骆驼一样,呼呼地、一高一低就过来了,哎呀呀,没法儿躲。"

风刮过的地方什么都留不住,草不生树不长,只有满地的沙子,以及掩埋在沙里的白骨。娃娃们夜里跑过的时候,那闪闪灼灼的"鬼火"会紧追着娃娃的脚步,吓得人魂飞魄散。

右玉这名字,听来像是一个美妙的女子,但过去它只是一片荒凉的不毛之地。

右玉现在山西朔州,古来属雁门郡,是兵家必争的西北要塞,重镇杀虎口便是贯穿东西要道的咽喉。历代纷乱的战火焚烧尽大地上的草木,风沙一层层掠去越来越薄的土壤，剩下的尽是裸露的沙子。这片离内蒙古毛乌素沙漠只有100多公里的地方逐年沙进人退，有外国专家曾经建议全县整体迁徙。

1949年10月23日，新中国刚刚建立，还未来得及抹去战场硝烟便来到此地担任首届县委书记的张荣怀，登上了右玉的风神台。这风神台一直是右玉人心中最大的寄托，每逢风沙肆虐时都要到此拜求，请风神行行好，不要刮走了好不容易种下的一点莜麦、谷子和豌豆。

而张荣怀不是来拜风神的。这位曾经战场上的指挥员面对全县人民发出了植树造林、治理风沙的号召，他掷地有声道："右玉想要富，就得风沙住，要想风沙住，就得多栽树，要想家家富，每人十棵树。"

他带头甩开膀子，在沙地上挖好一个个树坑，从几里地外的苍头河挑来河泥，倒进沙坑垫底，再放进小小的树苗，围根，填土，浇水。

沙堆里种树真不容易,刚刨出的坑,不一会儿就又被沙子埋住了,只能边刨边栽。沙子不停地往下陷,得手快眼疾,镐头铁锹施展不开,就用双手刨;一个人不行,就围上几个人一齐刨,七手八脚地刨出坑,赶紧垫上河泥、放下树苗,这才松了一口气。

栽活一棵树比养大一个娃还要难,这话一点不假。眼巴巴地,天天瞧,月月盼,头年种下的树眼看伸直了腰,长出了绿叶,可还没来得及笑逐颜开,秋来一场拔地而起的大风,冬来一场严酷难当的冰霜,一片片地就又都倒下了。

好男儿,好女子,不流泪不伤悲,第二年重新再来。

春风吹拂的时候,再次挖坑、挑泥,放进小树苗,围土、浇水。那些希望的目光注视着种下的小树,期盼它们生根长大,绿树成林……这就是右玉人做不够的梦。

再到秋去冬来,幼苗仍然大片倒伏,但终于有了顽强活下来的小树。它们才真的成为右玉人的孩子,懂得把根深深地扎下去、再扎下去,直到能吸吮到大地母亲的乳汁。

生命的奇异在这里呈现,每一年都有新生的小树在狂风中摇晃。它们在荒漠里如兄弟姐妹般相互依靠,甚至在地底下的树根也紧紧相连、盘根错节,以抵御风的撕扯。最后,一棵又一棵小树终于站立稳当了,在沙丘上、荒砾中、沟洼里、山梁间,它们让右玉人欣喜若狂地站直了。

哦,孩子。你们就是右玉人至爱的孩子。小树们与生俱来地懂得,它们的生命来自于那些长年在沙坡上啃窝头、喝凉水的人们。他们浇注给树的不仅是从远处河流肩挑背驮而来的清水,还有不停流淌的汗水,有他们热血充盈的青春,携带着酷爱家园、守土有责、世代相传的基因。

因此右玉大地上的树,注定不是温室里的花朵和盆景。右玉人有多顽强,它们就有多么耐寒耐旱耐风霜;右玉人有多执着,它们就会有多么努力地扎根与生长。

70年里,右玉人把种树作为第一要务,一届又一届县委书记、县长从来没有放弃或松懈,不断传递着绿色的接力棒,只有起点,没有终点。"换领导不换蓝图,换班子不换干劲",一任接着一任干,一棵接着一棵栽,他们为种树倾注了人生最精彩的智慧才华。

在如今人们的记忆中,右玉种树就像电影回放,多少次风生水起,多少次活色生香:从解放初首次进行绿化造林的全县规划,发放林权证;到部分村庄试种成功果树林,"哪里能栽哪里栽,先让局部绿起来";再到治理40里黄沙洼、重点流域和山丘,营造大型防风林带,兴修水库;飞播牧草、堵风口、建林带,引进草木樨种植、杨树插条……这每一个回合都蕴藏着无数难忘的奋斗。

改革开放40年里,右玉种树更是加快了步伐。眼见着办起了林业专科学校、沙棘研究所、造林基地;进一步退耕还林、封山育林、更新改造残林,扶持个人营林;构筑以"绿化带、生态园、风景线、示范片、种苗圃"为重点的生态保护网络;实行"新型煤电能源、绿色生态畜牧、特色生态旅游"。

一年又一年,荒原沙丘不停地变化着,当年人们梦想中青青的田园,郁郁葱葱的森林,鸟语花香的塞上绿洲,竟然一步步全都变为现实。右玉从解放初森林覆盖率不到0.3%,到如今达到54%,大大超出了全国甚至全世界的平均覆盖水平,被誉为"国家水土保持生态文明县",当选联合国"最佳宜居生态县"。

初秋时节,我随生态环境部宣教司联合中国环境报组织的"大地文心"采风活动来到了右玉,目光所及之处,辽阔祥和的塞上田野如诗如画,深浅不一的嫩绿苍翠由近至远,一阵阵含着草木芳香的清风吹来,让人心旷神怡。

经过的道路两旁,密密的小树林见不到首尾,小老杨、沙棘、樟子松……这些北方树种昂然挺立,在右玉大地上骄傲地显示出坚韧不拔的品质。一排排杨树大都已有了六七十年树龄，但看上去还不足10年，因此人们爱惜地叫它小老杨。它们是第一批为右玉遮风挡沙的勇士，历经最难熬的岁月，虽然矮小瘦弱却并不垂头丧气，在一片蓬勃的绿色中倒显得十分朴素和谦廉。

或许，这也是右玉人的品格。

已是秋高气爽，但右玉的树丛中、原野里到处仍可以见到怒放的格桑花，紫的、粉的、淡黄的，开得娇艳任性，无拘无束。这是个风和日丽的好日子，右玉县城的大街上开来一溜婚车，打头的车前堆满了鲜花，后面跟随的车队飘着一串串红色的气球。车队在宾馆门前停下，走出一个个打扮时尚的年轻人，小伙子西装革履，姑娘们长裙飘飘，他们气色红润、喜气洋洋。

我不由想起那位曾经从鬼火旁跑过的娃娃王德功。他眼下已年过七旬，他的青春是在种树和饥渴中度过的。今天年轻人所能享受到的滋润和美好，正是他们当年的梦。

那些种树带头人不念个人得失，只念造福子孙，带给人们深深的感动。功成不必在我，需要境界和定力，需要长期甘于奉献地付出。

在右玉绿草如茵的南山公园里，如今耸立起一座红黄蓝绿构成的纪念碑。碑座由黑色大理石镶嵌而成，上面刻着右玉种树的词赋，还刻着一批绿化功臣的姓名：伊小秃、安贵成、刘德富、祁三、李枝、吴连喜……他们都是普通的农民。"历届县委书记县长的名字一个都没往上刻。"王德功说："他们说树都是人民群众种下的，要刻就刻群众代表的名字。"

没有留下姓名的种树人还有很多很多。有种了一辈子树的，有不种树心里就不踏实的，有背着娃娃种树的，有打工回家赶着种树的，有把挣的钱全都买了树种的，还有，还有……那辽阔的原野上一棵棵绿树正是他们矫健的身影，也是为他们而立的绿色丰碑。

右玉种树，好比精卫填海、愚公移山，70年来不仅种出了一方绿色，更是种出了一种知难而进、艰苦奋斗、久久为功、利在长远的精神。它们将伴随这绿色浓郁的家园，成为子孙后代最为珍贵的财富。

作者简介

叶梅，中国作协主席团委员，著有小说，散文，报告文学多种。近期作品有小说集《歌棒》，散文集《根河之恋》《美卿，一个中国女子的创业奇迹》《强国重器》等。

槐花儿开，枣儿红

◇ 李培禹

山西永和，静静掩藏在晋陕大峡谷里的一片热土。近年来，她以拥有黄河最美的乾坤湾而被越来越多的人瞩目。那么，五月的黄河湾，又是槐花儿的世界。暮春时节，当你与漫山遍野的槐花儿邂逅，置身于白紫相间的花海，闻着它淡淡的花香，再咬上一口刚刚出炉的槐花儿饼，能不陶醉在其中吗？

80年前，红军路过永和，部队曾为村民从山上引下山泉水来，那眼泉水被称作"红军泉"。虽然80多年过去了，那泉眼仍旧汩汩涌流出清甜的泉水，润泽着十里八乡的百姓。当年乡亲们纷纷拿出槐花儿饼往战士们手里塞。那时的槐花儿虽然也是鲜鲜的，却没有白面细粮相裹，根本谈不上美食，只是充饥之物。所以，虽然"毛委员和我们在一起"，也吃过槐花儿饼，但永和的槐花儿缺了一首红歌，就远没有能像井冈山的"红米饭，南瓜汤"那么出名。

五月槐花儿香。我们今年再到永和时，永和县第四届槐花儿文化旅游节正热情迎客。槐花儿节开幕式不在县城办，不在剧场办，而是选在了一个叫花儿坡的村庄，好接地气！置身漫坡的槐花儿海中，品尝着鲜槐花儿、槐花儿饼、槐花儿蜜、槐花儿茶，十里八乡的百姓们个个脸上挂着开心的笑容。永和县委书记加天山这会儿也在吆喝卖货的摊位上，他乡音浓重地替农户推销着自家产的土特产品："快来买啊！我们拥（永）和的枣儿胡（红）又甜嘞！"有外国游客成了买主，加书记高兴地忘了收钱还抓起一把小枣"饶"给人家。

山西永和是全国贫困县之一，也是山西省划定的深度贫困县。加书记六年前刚到永和时，全县城只有一处红绿灯，当然全县也只有这一个红绿灯，山里农民进县城办事，大都要来这个路口看看"景儿"。像当年焦裕禄把县委会议开在了兰考火车站一样，他也曾带上县委、县政府的一班人，来看这个路口的红绿灯。他动情地说，永和虽然穷困，但她却像黄河母亲一样，在中国革命的历程中，用槐花儿、土豆、红枣儿养育了红军，支撑起晋陕边区一块重要的红色根据地。今天，我们没有理由不带领群众打赢脱贫攻坚这一仗。

加书记包的村叫奇奇里，怎么叫个外国名字？他说，名字嘛，人家祖祖辈辈就这么叫，就像我根本没去过天山，却叫加天山，爹妈给的嘛。说起奇奇里村率先脱贫，常年在那里采风写作的词作家李咏海告诉我，奇奇里"窝"在贫瘠的黄土高原上，种啥啥薄收，稍遇灾害就连种子钱都收不回来。可这个村枣树能活，而且地处黄河湾的自然景色很美，用加书记的话说是"绝美"。于是县里通过各种关系，请来了中国摄影家协会的几十位摄影家。摄影家们美景拍不够，加书记说，欢迎你们在这里建个摄影创作基地。一拍即合，摄影基地很快揭牌。摄影家们在这里搞的第一个活动却不是影赛，也不是影展，而是向全国摄影爱好者发出"认领一棵枣树，争当荣誉枣农"的倡议。具体做法是，认领一棵枣树一百二十八元钱，每年可得到5斤红枣的回报。倡议响应者众，奇奇里的红枣儿一箱箱发往全国各地。因为是网上认领，手机转账，大山里的红枣立马"变现"，乐了枣农，他们便更加精心侍弄起枣树来。我是抱着试试看的心态认领了一棵枣树的，很快就收到了一张电子证书，精美的证

书上授予我"荣誉枣农"的是永和县人民政府县长范洋平。这年秋天，我在北京的家中收到了来自山西永和的包裹，打开一看，是奇奇里村乡亲寄来的大红枣儿。以后，每年国庆前后，我都能收到寄自黄河湾的又大又甜的红枣儿。

一个村的脱贫当然还有多方面的努力，但我总认为红枣儿是立了头功的。

在永和，奇奇里村是2016年第一批28个摘掉贫困帽子的村庄之一。其实，每一个村子的脱贫，都有着动人的故事。

我在打石腰乡的冯家山村，遇见了"当代愚公"冯治水。年过七旬的老汉生下来就叫"治水"，好像爹妈就是派他来治水的。见到他，同行的几位作家把我推出来。因我的名字中有个"禹"字，大家纷纷说大禹治水，你们有缘分，你就写写老冯治水吧。

老冯开始治水，还是四十年前。冯治水是那种能看报纸、爱听喇叭广播，也崇拜赵树理的农民，他拿出当时全家的家底儿十块钱，买下了深山里的一条叫"红岩"的荒沟。自此，开始了一个人的"小流域治理"。他修路，一修五年，红岩沟底到平缓地的五里石子路通了；他种树，一种就是四十年，整个红岩沟长起枣树、花椒、柿子树等经济林三千多株，还有柏树苗三千株、用材林一万余株。人哪？用他老伴的嗔语：一个英俊壮实的汉子，变成了消瘦得像根"打枣棍儿"的活愚公！愚公移山，老冯治水，矢志不渝，硬是把一个昔日水土流失严重的荒坡荒沟，变成了绿水青山、花果飘香的美丽山村。更为传奇的是，冯治水还是闻名全县的农民诗人，他的诗稿写满了二十多本自制的纸册子。他告诉我，第一本纸册子，是县城新华书店的一个后生送给他的。那年他刚评上先进，借到县城开会的空儿，走进新华书店买书，年轻的员工见他不仅买农业科技类的读物，还要买诗集和赵树理的书，便和他聊起来。小伙子听说这位农民老汉热爱文学，已坚持读书写作二十多年了，十分感佩，找来一堆背面可用的废表格，用订书器订成了本子，送给冯治水写作用。老冯当场作诗："进城来到书店中／遇见一位好后生／给俺订个笔记本／写诗做文更有情"。我翻看他的纸册子，见一些诗稿下面署名是："赵树理作家协会会员冯治水"。显然，他这个自封的"作协会员"是跟着赵树理的。接地气的永和县委、县政府给予冯老汉的奖励也让我感动不已——200个雷管、200米捻子、20个钢钎，外加由县里为他出一本《冯治水诗集》。

我向老冯讨要了一本他的诗集，他却不肯在扉页上签名。我和他握别前，扛起他用过的那把老锄镐，胸中不禁涌出伟人的诗句："喜看稻菽千重浪，遍地英雄下夕烟"！

2019年，永和全县将提前一年全面脱贫。一首名为《美好的日子刚刚开始》的歌曲，也在永和黄河湾畔流传开来。词作家李咏海告诉我，前年正月初八，他在奇奇里村参加一个脱贫后终于娶上媳妇儿的四十岁的光棍儿汉的婚礼，大家都没想到加书记赶过来了。他在颠簸的路上拿出手机，给他熟识的一对新人写了几句祝福的话："文忠、青青，今天祝福你们……"心里涌起由衷的喜悦，使原本就是省作协会员的加书记诗兴来了。他写道："跨过了坎坷／翻过了贫瘠／今天是你们大喜的日子／请好好珍惜／盼来了和风，祈来了春雨／今天是你们大喜的日子／请好好珍惜／好好孝敬自己的爹娘／善待那姐妹兄弟／好好打理你们的果园／还有那山坡坡地／春天槐花儿开，秋天枣儿红／美好的日子刚刚开始……"正和我在一起的著名作曲家浮克老师连说："这歌词太接地气了，我要为它谱曲！"就这样，"美好的日子刚刚开始"的歌声就在黄河湾的两畔传唱开了。

是啊，美好的日子刚刚开始。几天的永和采风，我看到黄河静水深流，我听见山茆风过留声——那是永和人坚定奔小康的脚步声！

就要返回京城了，穿着雨靴下乡刚回来的加书记，和我们一起吃槐花儿打卤糊糊面，算是饯别。淡淡的槐花儿香中，他聊起一千六百多年前"永和九年的那场醉"。然而他的"醉"不在东晋大书法家王羲之和《兰亭序》上。他说，新中国成立七十年来，永和历史上共有十八位县委书记，最长的干了八年。我现在是"永和六年"，起码准备干到九年。到了"永和九年"，欢迎你们再来，看看咱们永和的乡亲。别忘了，春天槐花儿开，秋天枣儿红……

怎么能忘啊！这里，美好的日子刚刚开始；这里，是山西永和的黄河湾。

作者简介

李培禹，作家、诗人。1978年考入中国人民大学新闻系，1982年毕业分配到北京日报社。高级编辑职称，曾任《新闻与写作》杂志主编、《北京日报》副刊部主任等职。现为北京市杂文学会秘书长、北京市东城作协副主席、北京作家协会会员、中国作家协会会员、中国传记文学学会理事。作品曾五度获得"中国新闻奖"，也是首届全国"孙犁报纸副刊编辑奖"、第八届"冰心散文奖"获得者。文学作品近年分别获得《人民文学》全国游记文学征文奖、《解放军报》"长征文艺奖"、"大沙杯"全国海洋散文征文奖、《解放日报》"朝花"副刊征文奖、北京作协"身边"主题征文一等奖等。多篇散文获入中国作协创研部、人民日报文艺部编选的全国年度选本及部分省市中考语文试卷、阅读辅导教材等。出版有《走进焦裕禄世界》、《您的朋友李雪健》(与梅青合作)、《笔底波澜》、《总有一条小河在心中流淌》等。

每一棵树都是风景

◇ 景　平

　　看着前面那片青绿的山，我问：那里是什么地方？

　　森林人说：我们吕梁山林区。

　　看着远处那丛淡绿的山，我问：那里什么地方？

　　森林人说：我们吕梁山林区。

　　看着再远那群淡色的山，我问：那里呢？

　　森林人说：我们吕梁山林区。

　　看着更远的看不见的地方，我又问。

　　森林人说：还是，还是。

　　我慨然了。

　　此刻，天空下匍匐的群山逶迤而去，似乎天有多远山就多远。我想，这吕梁山林区，到底有多大呢？

　　不是说每一片绿叶都是风景吗？不是说每一棵绿树都是风景吗？那么，吕梁山森林里究竟有多少风景？

人祖山神话：人类生存悖论的辩证秘语

山西高原的生态版图上，星罗棋布着九大国有天然林区：吕梁山林区，关帝山林区，中条山林区，太行山林区，太岳山林区，管涔山林区，五台山林区，黑茶山林区，桑干河杨树林区。

吕梁山林区，纵200公里，横85公里，面积380万亩，森林覆盖率63.6%。跨涉山西中阳、交口、石楼、尧都、乡宁、吉县、蒲县、隰县、汾西、襄汾10县。被称为"天然植物园"。

我登上吕梁山主脊线上的人祖山，人祖山沐浴在晴云浩荡的林海里。我原以为吕梁山完全一片黄土高原的黄色天地，一片生态脆弱的天地，却不知这黄土高原竟藏着这样一片延绵的绿色世界。

人祖山的绿，延绵向吕梁；吕梁山的绿，延绵向天穹。生态脆弱似乎不曾存在。唯天穹一展晴蓝地漫铺而去，白云一如冰河疾渡而来，就感觉天地悠悠，白云悠悠，又感觉白云新新，天地新新。

感觉这世界，久远得天老地荒，崭新得瑞蕾初绽。

据说是已经一万年过去了，但我们知道的女娲补天的故事、女娲捏人的故事、女娲伏羲创世造人的故事，在亘古的山河之间，似乎，也仅仅是一种并不遥远的传说。

那个时候，天地洪荒，据说女娲伏羲正在森林觅食，突然晴天霹雳，传来一个声音："人类不珍惜天赐的物，天帝震怒，将发暴雨惩戒人类。"于是滔天大雨倾泻了七七四十九天，洪水淹没了平原，淹没了山川，女娲伏羲被逼到高山之上。之后，洪水退去，山川醒来，这世界已经没有人了，世上只剩下了女娲伏羲。人类遭遇了灭顶之灾。这时，天空又一次传来声音："要想重建人类，伏羲女娲，必须结为夫妻。"要知道，伏羲女娲，据说是一对兄妹。自然人伦，岂可违背？然而，苍天发旨，又岂可违？天意不可违，人伦也不可违。女娲伏羲，不知所措。无奈，天空再一次发出了声音，令他们隔壑滚磨，两扇磨盘从两座山上滚到山底，如重新合拢，则兄妹结为夫妻；叫他们隔梁穿针，一针一线从两条山沟抛起，如穿在一起，则兄妹结为夫妻；让他们隔山合烟，两堆篝火在山梁两边点燃，如烟合天空，则兄妹结为夫妻。结果，磨盘交合，青烟交合，针线交合，一一应验，女娲伏羲，遂为夫妻。于是，人类复活，重新延续了繁衍生息。

　　一个神话，一种寄寓。一个传说，一种隐喻。这样的女娲伏羲创世造人的故事，在我听来，新鲜而震撼。我没有听过这个故事，我们也不知道故事背后曾经发生了什么。但我感觉，这个故事，暗合了恩格斯在100个世纪之后所说的大自然对人类的无情报复。也就是说，恩格斯在欧洲工业时代所说的"自然报复"的意思，其实早在中国远古的神话里就已经存在。人类以违背自然的结果遭受自然的惩罚，自然却以违背人伦的方式延续人类的繁衍，人类与自然以再造人类的途径实现天人的重构，这是怎样一种悖论！是自然与自然的悖论，是人类与人类的悖论，是人类与自然的悖论。尽管找到了一种天意——自然的神示，但毕竟在这个神话里，天与天的合一，天与人的合一，人与人的合一，是在一种悖谬里实现的，或者可以说，是在一种辩证里实现的。当然，这实现，是一种想象里的实现，虚幻里的实现，理想里的实现，而不是现实的实现。那么，在实际的自然意义上，或者，在实际的人类意义上，辩证与悖谬又是怎样纠葛怎样统一的？

　　当然，不论如何，森林本源上是自然给人类编织的摇篮。

　　女娲伏羲是在森林里生息的，女娲伏羲再造的人类，也是在森林里生息的。森林生长的，不仅是树木，更是人类。

　　那么，创造了人类的人祖山，看着人类走过的人祖山，以及人祖山所在的吕梁山森林，我们能看得到原始森林吗？

之前，我在进入吕梁山林的时候，就给吕梁山国有林管理局的局长副局长们讲了，一定要登上最高的地方，看看吕梁山的林海，一定要走进原始的森林，看那吕梁山的深处。

现在，高的地方，已经看到；原始森林，能够看到吗？

"吕梁山已经没有了原始森林，吕梁山里的森林是天然次生林。"吕梁山国有林管理局副局长刘海荣给我讲。他说，自然世界已经亿万斯年，依照自然规律，生老病死，人如此，树如此，森林也如此。那么，原始森林，会在吗？就像女娲伏羲，已经是远古神话，现代社会，会有吗？而且，远古时代，女娲伏羲并不是一个人，甚至不是一代人，是一代代原始部落的首领。女娲伏羲的故事，再怎么讲也已经是历史传说。虽说人祖山伏羲岩娲皇宫里，曾存有娲皇遗骨，但真是娲皇遗骨吗？即使真是，恐怕也已经不是原始的女娲了。所谓自然的原始森林，在我们头脑中，不过只是一个概念了。

刘海荣先生说出一个常识，这常识竟被我们长久忽略。我突然意识到，我寻找所谓原始森林的想法，不是愚妄么？

于是想起来吕梁山国有林管理局局长王晓林说的，吕梁山没藏着原始森林，但吕梁山森林藏着原始文化。森林曾经繁衍了人类，也曾经繁荣了人类文化。就像吕梁山林区藏着的人祖造人的神话一样，太行山林区藏着的夸父逐日的传说，太岳山林区藏着的精卫填海的寓言，关帝山林区藏着的皇帝游历的遗迹，管涔山林区藏着的台骀治汾的记事，中条山林区藏着的尧舜禹汤的历史，五台山林区藏着的佛国菩萨的演义、黑茶山林区藏着的岱王饮马的古庙，桑干河杨树林区藏着的夏禹帷幄的故事。这些故事，构成了山西高原森林的人文自然。而吕梁山的人祖文化，几乎是山西人文自然的一个源头。

我知道，山西是一个"文物大省"，却也是一个"森林小省"。然而走进吕梁山之后，我才知道，这"文物大省"的许多人文景观，就坐落在这"森林小省"的林区里。

人们走进这森林的时候，也走进了绿色人文；人们走进绿色人文的时候，也走进了森林。然而走进森林的黑色道路，是否就是一柄犀利的长剑，戛然戳破了森林的天然肌肤？

我想起来一首诗的句法。我说，你走进不走进，森林就在那里；你戳动不戳动，森林也在那里；然而，你走进了，森林就可能不是原来的森林；你戳破了，森林就绝对不是了原来的森林。

我们不是要守护原生态的森林吗？我们不是要恢复被破坏的森林吗？我们不是要保护在恢复的森林吗？那么，当森林植被和山体岩石被龙飞蛇行的道路挺进的时候，不就是一种戳伤吗？

我与吕梁山国有林管局的局长们聊起来这个话题。他们说，其实，人类与森林始终在一起。这也许就是自然对于人和森林的造就。就像我们走向人祖山的路，就是踩着前人的足迹走进来的。没有路的地方，远古的人们踩出了足印；踩出足印的地方，后来的山民走出了荒径；走出荒径的地方，再后的人们走出了小道；走出小道的地方，近代的人们走出了大道；而在走出大道的地方，我们就建筑了现代森林消防通道和现代文化旅游通道。如果没有这些，古老的自然文化和人文文化，如何与现代文明亲和？现代人的热爱自然回归自然，又怎么到达回归的融洽？所以我们走向自然走进森林的时候，选择的是一种科学和理性，选择的是与人类生态文明和可持续发展的一种融合度。不是无度，不是过度，而是适度。

世上本没有路，走的人多了也就成了路。鲁迅这话至理。但我们不能只管走自己的路而让别人去说。要知道，微步也足以踏破自然。乡村，城市，人群，在浩瀚的自然里，是如微尘的缥缈与散落，似乎无能为力，但人群、城市、乡村，对自然的人力行动，却又如微尘的聚变与裂变，会酿成天大的冲击。那么，如何将人的行动变成对自然的亲和而不是伤害，这是现代人类与亘古自然关系上的现实寻觅。走进森林的现代人，在这个时代，在渐渐酝酿和践行着一种人类社会与自然森林的现实重构，渐渐创造和发展着一种现代人文与古老自然的文明重建。然这绝不是对自然的"后羿射日"，也不仅是对森林的"女娲补天"，是现代人类与现代自然的一种融和合一，是生态文明和绿色人文的一种新的构建。

我们常常讲，自然独立于人类，森林是自然，森林是独立于人类的。那么，人类也是自然，是否人类独立于人类呢？我们也常常说，人类走向自然，森林是自然，人类在走向森林；那么，人类也是自然，是否人类走向人类呢？这极像是自然森林与自然人类的一种二律背反。其正题和反题都可以成立，但却无疑对立。那么怎么破解？唯有辩证。在自然律和人类律上，自然独立于人类和人类独立与人类，人类走向森林和人类走向人类，也许就在于：古代人独立于现代人，但古代人走向了现代人；自然人独立于科学人，但自然人走向了科学人；野蛮人独立于文明人，但野蛮人走向了文明人；感性人独立于理性人，但感性人走向了理性人。在自然生命意义上，人类与自然无疑追求着一种和谐共生的现代统一。

人类与自然，始终延续于悖论，也始终演进于辩证。

这个时代的人们，越来越懂得人与自然是生命共同体。

山西天然林区的人们，越来越成为破解这种悖论的人，也越来越成为构建这个生命共同体的人。

在没有进入吕梁山林区的时候,我只知道,山西是生态贫瘠的地方;进入吕梁山林区,我才知道了,这生态贫瘠的地方,其实早就做着生态的绿梦,早就在黄土高原上构建了一块生态版图。这就是,山西历史性地设立的九大国有林区,和与之相对应而设立的九大国有林管理局。这是一种发端于民国、发展于共和国的国有森林管理模式,是山西独有、中国别致的森林管理模式。森林管理者们在经历了100年的历史积淀之后,在经历了历史性的蜕变、转型、更生的森林旅程之后,已经创造了一种独具特色的森林文化模式和一种内涵深绿的森林人文风景。是一片独好的风景。

在这独好的风景里,这夜,我在人祖山自然保护区无忧山庄的窑洞宾馆,看到了多年没有看到过的北斗星座、横天银河和满天星光。我第一次在山林里感受了与自然的融合。

终于,我也感受到了,森林是人类的风景,人类也是森林的风景,而森林人,是这风景里的风景。

紫荆山过往:森林天地演绎的命运交响

山西林区,70年间,荒山造林1112万亩,林地面积由708万亩增加到1610万亩,增长约1.3倍;活立木蓄积由985万立方米增加到6495万立方米,增长约5.6倍;分别占全省43.92%和43.95%。

吕梁山林区,55年间,荒山造林184.3万亩。

我们的车,开进了紫荆山怀抱的山林腹地。我深感沐浴于山林深处,与山外看山和山巅看林,感觉完全不同。

站在山巅看山,山是披着花草的绿,覆着灌木的绿,包着乔木的绿,人似乎张开双臂也拥抱了森林的绿。

而开进山林看山，山当然还是绿的，但却感觉，人是钻进了绿里看绿，沉在了绿里看绿，是被森林拥抱着在看绿。

森林里的每一棵绿树，都是擎举着臂膀和头颅的生命。

我没有想到，在这样的森林，我会推翻了自己一个来自媒体宣传的简单概括，即所谓的"砍树大军变成植树大军"。

我一直以为，砍树大军是中国林业曾经的真实写照，而砍树大军变成植树大军，是中国林业发展的历史性转变。

刘海荣先生给我说，中国林业是实现了历史性转变，但不是砍树大军变成植树大军，而是采伐已被禁止，植树大军同时成为护林大军。他说，中国林区从来不存在单纯的砍树大军。这位1990年代毕业于山西林业学校的森林人，毕业之后就进入吕梁林区，由技术员而设计员，由设计员而副场长，由副场长而场长，由场长而副局长，已经成为一位林业专家兼林业官员。他说，那时候，绝不是只采伐不种树，而是一边采伐一边植树，前边采伐后边植树。天然林采伐过去，人工林生长起来。实际上，人工林要比天然林长得还好。伐木之后，紧跟着的，就是人工测量、人工设计、人工育林、人工种植、人工抚育，人工保护。这样，一片森林采伐过去，一片森林又生长起来，国有天然林区，不存在所谓的只伐木不种树。所谓的"砍树大军"的说法，不过是文学的形容。

我发现，在他缓缓的叙述里，始终没有出现社会说的这个词："砍树"，他只用"采伐"。我突然感觉到，在他和他们那里，这两个词的内涵外延和感情色彩是不一样的。

事实上，我翻阅王晓林局长让李晨光主任提供给我的吕梁林区70年发展资料，看到一串历史数据，完全印证了刘海荣副局长"边采伐边植树，前边采后边植"的说法——

1964年至1970年，国家投资317.16万元，造林7.56万亩，生产木材3.27万方。

1971年至1974年，国家投资269.87万元，造林5.67万亩，生产木材4.42万方。

1975年至1976年，国家投资150.32万元，造林3.04万亩，生产木材1.56万方。

1977年至1979年，国家投资334.8万元，造林4.51万亩，生产木材3.85万方。

1980年至1983年，国家投资381.08万元，造林4.16万亩，生产木材1.65万方。

1984年至1986年，国家投资427.51万元，造林2.66万亩，生产木材1.37万方。

1987年至1994年，国家投资1991.91万元，造林5.86万亩，生产木材7.4万方。

1995年至1997年，国家投资1931.4万元，造林1.61万亩，生产木材3.61万方。

1998年至2001年，国家投资4490.71万元，造林9.49万亩，生产木材1.92万方。

2002年至2018年，国家禁伐天然森林，封山育林71.8万亩，绿化造林46.17万亩。

看着这些排列起来如简谱的数据，似乎生出一种森林在起伏逶迤纵声歌唱的感觉。这些数据似乎就是合唱的山林。

据说，世纪之交的2000年，是中国林业历史的转型时刻，也是森林大军的阵痛时刻。这时，中国历史性地做出了全面禁止天然林采伐的世纪决策。2000年，国家启动了天然林第一期保护工程，2010年，国家启动第二期天然林保护工程。世纪决策之初，是否导源于徐刚的《伐木者醒来》，是否导源于大兴安岭火灾，不好作论。但据说，其直接导源于南方洪灾，则毫无疑问。不过，我以为，即使如此，1997年的《伐木者醒来》和1987年的大兴安岭火灾，绝对是警醒了国人的森林意识；而1998年的南方洪灾，则毫无疑问地直接倒逼了国家开启天然林禁伐铁律和启动天然林保护行动。

这是中国森林世界的一次崭新革命，然而，却也是中国林业大军的一次新生触痛。尽管森林人一直在砍树和植树的循环里往复移进，但突然停止了林木的砍伐，即意味着林业生产的停止；而林业生产的停止，又意味着什么？意味着成千上万的林业大军的"森工大裁军"，或者"森工大下岗"。

那时，许多的林业工人搁下了斧头，放下了钢锯，退出了木材生产，然后拿起了镐头，举起了铁锹，转而铺开生态意义上的植树造林。森林木材产品地位或商品地位的失去，导致森林人失去了国家的财政支持也失去了市场的经济支撑。森林人突然之间，失去了生存的物质保障和生活的经济支撑。

中国是一个传统的木材社会，通常意义上讲的土木工程，形象而典型地说明木材在建筑上的主体地位。人从钻木取火起而至伐薪烧炭，又从构木为巢而至大兴土木，至于万木下汾河，至于漂木入黄河。山西，硬是将一个太行吕梁的森林砍伐成了斑秃。就在森林成为木材木料之后，人们只知道森林的生产价值和木材的商品价值。在世人眼里木材就是植物里的"稀贵金属"，就是建筑材料里的"稀缺资源"。所以，森林人成为离这"稀贵金属"和"稀缺资源"最近的人，自然具有了社会地位。那么当这群人在由"砍树大军变成植树大军"之后，砍树人的形象仍为社会谴责，而植树大军的形象并未应时树立,相反,这深处于社会误解与经济窘境双重困顿的夹缝，使本就灰头土脸的森林人越发"灰头土脸"。

许多森林人就在突然之间回到了贫困。本来森林人是一代接一代、一跨三代人地奉献给了森林，是献了青春献人生，献了人生献子孙。然而，天然林突然禁伐，许多人没有了生活保障或只有最低生活保障，耐不住贫寂的人们便默默离开了从来不曾离开过的森林家园，到林外的天地"闯世界"去了。而留下来的，则默默坚守，默默劳作，默默种树，在森林世界铺开了一种默默的绿色创业，然而却是一种奉献灵魂的血汗事业。森林人以灵魂和生命繁衍茂盛着森林的生命。

我在紫荆山里拜访一位被称为"活字典"的油松育种专家。这是一位看起来褐瘦、沉默、个头不高然而却坚韧、内秀、心气颇高的老人。李晨光给我说，森林里许多人已经沉默寡言，不擅与人说话。这位老人就是这样，他的事情，几乎全由他的场长替他说出。说他曾经是森林里的农民工，因憨厚而实在，被留下来做了临时工；因好学而肯干，被转为了正式工；因钻研而独创，就成为林区的土专家。说在别的地方育种断代的时候，这个普通种子园却跃升为全国重点油松基地，就是因为老人保存了一代又一代的母树子树地图。也就在他种植的种子林里，我看到了那些已经粗壮高大的种子树，每棵树都挂着一个标牌，那些标牌，标记着这些树的成长密码。他每天厮守着这些树，说每棵树都是他的孩子。但他的孩子病了，他却顾不上管，只给妻子写个信：种子育苗到了生死时刻，这每棵树都是我的孩子，这些树离不开我，咱们的孩子就交给你了。40年，他究竟养育了多少树孩子？人说，从种子园匍匐出

去，满沟满坡满山，都是他的树孩子。

据说，这个森林老人，外面的绿化公司曾高薪聘请他去做技术指导，他却没有舍得离开这片森林和他的孩子林。

而就在这片孩子林延绵过去的山的那边，我又听到了另一个老人的故事，一个灵魂与山林生死相守的森林人故事。

这位老人，本已经退休回五台山老家，但他日夜思念着紫荆山里生长的松林。因为，那些树那些森林，是他年轻时候从老家的森林移植来的。据说，完全是个偶然的想法。他看到老家的落叶松，突然想，紫荆山里能不能种植五台落叶松？就把一捧幼苗带回了林场，不想，居然生长得像在五台山老家一样。于是，他不仅自己种，动员林场也种，不仅自己林场种，动员别的林场也种。种了一茬又一茬，种了一年又一年，种了一山又一山。终于，这落叶松林，在紫荆山里成长成了繁盛不衰的王国。而这位老人自己，由青年种成中年，由中年种成老年，一辈子没顾上成家，一辈子没有孩子。到年老退休的时候，却赶上中国林业大转型，不想离开森林却不得不离开森林，便回到他和落叶松的同一个故乡。据说走时恋恋不舍，看着自己移植的树都可以固守山林而自己却不能与之相守，他流了泪。据说回去之后，心心念念想着的，还是紫荆山森林。最后，临终，给本家后辈留下遗言，死后，一定要埋葬回紫金山松林。生不能厮守，死也要相伴。

这样的森林人，是将青春生命灵魂融在森林里了，是用青春生命灵魂浇灌了森林。这样的人们，在森林里的时候，是长在森林的一棵树，离开森林的时候，是思念森林的一只鸟。

听说，那些曾经离开了森林的人，后来，又回到了森林。回来，或者是要回来看看，或者是要回来继续。森林，毕竟是自己倾注了血汗的地方，也毕竟是自己灵肉生息的家园。

然而不同的是，森林，已经不是想留就能够留下来的了。这个时候，国家森林体制转型和人事体制转型，进入森林世界的人们，已经是全社会公考。学历，由中专而大专，由大专而大学，由大学而研究生，门槛越筑越高。而那些森林老人们的后代，那些从小在森林失去学历的孩子，也失去了留在森林的机会。于是，一个矛盾出现了，愿意并且安心守在森林的人，却不能够留在森林，只能做森林的"临工"；而社会公考进入森林的人，不安心留在森林，却是森林的"长工"。体制转型无疑是森林事业的跃进与提升。问题是，凤凰涅槃，总会带来新诞生的疼痛与焦虑。问题是，怎样在这疼痛与焦虑里，依然让人、人心、人的精神在森林社会光华激溅？无论"长工"或"临工"，怎样成为森林的"勤工"？

森林的管理者们知道，管理树木，管理森林，须从根本管起。十年树木，百年树人，树人，塑造人，塑造管理者也塑造社会人，应该是森林社会比林外社会更本质的事情。

无疑，森林的管理者们，比任何人都清楚，每一棵树，都是森林的风景；而每一个人，都是风景里的风景。

五鹿山故事：生态世界酝酿的现代演进

据新闻报道，中国的植被增长率是世界最快的，山西的植被增长率是中国最快的，吕梁的植被增长率是山西最快的。在这三个"最快"里，就有来自吕梁山林区的绵绵绿意。

吕梁山林区站在现代化的新起点，在打造林业技术人才汇聚的"新高地"、优质生态产品输出的"新基地"、现代森林文化传播的"新阵地"、人与自然和谐共生的"幸福地"。

终于登上了五鹿山最高的瞭望塔。我只登上铁塔的方形平台，就已经看到吕梁林海一波一波的山脊线尽收眼底。

体型甚阔的吕梁山国有林管理局副局长刘海荣和体魄敦实的吕梁山林区公安分局局长张建平,却从狭窄的悬梯爬上塔顶。爬上塔顶人就小了许多。俩人在顶上呼喊:"上来!上来!"

我却没敢上,看看想想,都腿发抖。塔底的人都没敢上。

张建平拍下了在塔顶上看出去的手机视频。在塔顶,可以看到五鹿山森林的沟沟壑壑,看到五鹿山自然保护区保护站的新楼,看到五鹿山风景周野里的农舍、田野、道路。

这瞭望塔,实际是监视塔,是人工监视塔,也是电子监视塔。张建平告诉我,吕梁山林区的现代化建设已经铺开,森林里建设了红外摄像监视,道路上建设了声控监视警示,保护区建设了视频监视系统,现代管理方式已经渗入了森林管护。他给我看了下载在手机上的红外摄像视频,那是一只健壮斑斓的豹子从林间走过的镜头。问他看到过真的豹子吗?他说,山里的护林员多次碰到豹子,或喝水,或走过,或捕食。说一个护林员曾走过一个山崖,刚看到一只狍子,就觉眼前一道影子,一只豹子飞也似的落下,一口将狍子咬死,发现有人到来,又嗖地跑掉了。我问,伤人没有?他说,没有。说曾看到过一本书说,人,即使是小孩,在动物眼里,也高大无比;人若不冲击动物,动物是不会轻易伤害人的。

张建平是森林里的老公安,林校一毕业就进入了林区,由林业技术员转为森林干警,钻进森林30多年,却没放松读书,全国司法考试,林业干警多少人,就他一举考过。做森林公安干警,浸泡于森林的风风雨雨,转战于山里的林场警所,敬业干练,实干精进,硬是从警员干到了公安局长。

张建平回忆起走过的历史,说,如今已经不是过去。如今,即使在森林里,也知道外面的世界;过去,一进入森林,就与世隔绝了。都说森林里享受鸟语花香,享受无所顾忌的喊叫,但日日夜夜守在森林里，知道什么滋味吗？会遭遇野兽，会遭遇毒蛇，会遭遇山洪，但都不算事。最难挨的是孤独，可怕的孤独！孤独到自言自语，孤独到不会说话，孤独到拿着一沓沓报纸，翻来覆去把报纸翻烂。曾经，他在森林巡护的时候，天黑了，看到一屋里油灯亮着，听到人们在喝酒划拳，便心里一热，疾步走去。进屋一看，却是一个老人举着一只酒杯，左手对着右手，自己喊着自己，在喝酒划拳呢！就这孤独，曾使一个森林里走着的巡护员，心脏病突发，倒下去，就再没能起来，人们发现的时候，已经是过去多日。

在他的叙述里，我知道了，一个人管护着万亩森林，那个艰难，简直难以想象。不过，他说，终于渐渐改善。出行由步行到摩托，由摩托到汽车，已经改变；通讯由喊话到电话，由电话到手机，也已不同；监管由人力到铁塔，由铁塔到网络，更不可比。现代化进入森林，带来的是全新的改变。

在进入森林的时候，王晓林局长就给我说过，吕梁山林区的森林管护，已经改变了过去单一的人工化的管护方式，变为了多合的"人工巡护＋电子监视＋制度约束"现代化的管护方式。这种方式，已经成为吕梁林区森林建设与管护科学化、规范化、网络化、制度化、系统化的常态模式。

王晓林是一种庄重严厉而温雅谦和的人，与张建平的经历不同，他是警校毕业就一头扎进了森林，而后，由森林干警而派出所所长，由派出所所长而林场场长，由林场场长而林局副局长，由林局副局长而林局局长。一个学刑侦专业的人，走着走着，就走成挂帅植树大军坐镇百里林川的森林官员。

当时，王晓林在办公室给我看他首创的"火源管控一张图"，说，我们这"一张图"，将林区里所有森林涉火点位全部编号，标在一张图上，小到把村庄的坟墓都标出来了，谁的坟，谁负责，谁联系，谁紧盯，电话号码，微信方式，都用上了，人盯人，盯到底，就这样,"一张图"的动态管理,确保了吕梁山林区多年"零火灾"。他又给我讲起他构架的"网络监控一个屏",说,我们每人一部手机,每部手机GPS定位,在林局林场的中控网络屏幕,全天候,督促巡护人员的巡察,监管巡护人员行动,遭遇紧急事情,第一时间发力,急速指挥,迅速调度,紧急互动,进入"战时状态",确保了吕梁山林区大案"零发生"。就像我在五鹿山崭新的办公楼看到的"干净冷清",一问,人,都在森林里巡护呢。

是的,人的传统巡护也好,人的现代管护也罢,所有的指向,都是人,是与人的交往,与人的交道,与人的交锋。王晓林们,刘海荣们,张建平们,所有的森林人,在广袤深邃的群山皱褶里,在星罗棋布的村落矿场间,从来就没有停止过与形形色色明明暗暗的森林破坏者的艰难博弈。

在森林作为生产资料的时代,于森林里制止滥伐乱盗,刀对刀,斧对斧,剑拔弩张;在道路上追堵盗林车辆,车追车,人追人,临危不惧;抓捕砍伐树木的人,跳下十米高的崖头,摔断了腿,也决不让偷窃者逃走;侦破盗贩林木案件,钻入狭小的煤窑里,在黑暗与危机中将赃物起获。而在森林成为生态产品的时代,在山壑深处抵制私挖乱采,面对钢铁的挖掘机和爆裂的山炮,敢于挺起森林人的决绝;在林地边缘监督违法企业,直击黑烟的污染和废渣的倾泻,敢于拿出生态人的进击;不论国企大户还是私营矿主,不论政府规划还是民企项目,只要违法,只要侵害森林,就决不妥协。当然,久而久之,森林人也同村庄和矿场的人们混成了熟人,东家进去西家出来,但只要危及森林,却没有任何通融余地。

在紫荆山开往五鹿山的山壑,我看到了已经停建的资源矿场,看到了已经停产的企业,看到了油亮光洁的森林道路和道路旁侧青砖红瓦的林场建筑,而山野里绿荫起伏的乡村以及串联乡村的道路,则立着绿色蓝色的森林文化标牌。之前,我在与吕梁山林局一班人的交谈中已经知道,林区实施联络联动联防联护,森林内外的人们,由行动倒逼意识,由意识辐射行为,正在发生着一种文化方式、生产方式、生活方式的转变。林场不仅实现了伐木大军向植树大军的转变,而且实现着过去废木弃荒向现代生物质能的转变。农民不仅改变着焚纸祭祖放火烧荒的习俗,而且改变着焚烧秸秆私采乱挖的陋习。森林人改变着自己的自在生态,森林人改变着森林的内在生态,森林人也改变着森林的外在生态。

  我感觉,在森林里,我接触到的人们,富有一种从内到外的朴实与热爱,富有一种自然情怀和人类关怀。也许因为,这是一群远在深山老林却是距离自然生命最近的人,是一群久于人迹罕至却是最能融合人心的人。我就在这样的自然与人文的背景上采访我们的森林人,他们激情而向往地,在空中挥着手臂,说,整个森林将要建设移动互联网,将要构建卫星遥感系,将要放飞巡护无人机,那时,我们的森林世界也是一片现代世界。就像王晓林给我说的,我们的目标是,完善森林基础硬环境,提升林区文化软实力,打造一支"忠诚、自律、担当、奉献"的森林队伍,创建一流的现代国有天然林区。森林人已经懂得,我们是生态文明的主力军,是绿水青山的生力军,我们当无愧于此。

  我想,进入一个绿色时代之后,森林人的形象是渐渐变了。森林人不再是生产木材的形象,森林人已经转变为构筑生态的形象。过去,不仅世人不知道森林人的植树,是在重新创造生态价值,就是森林人自己,也不完全知道。而今,森林人不仅意识到自己作为植树大军的生态形象,而且已经让世人看到了森林人植树大军的生态形象。

  生态已经成为一个现代社会的热词。森林人被乡村人请去做生态绿化,森林人被企业人请去搞生态美化,森林人将生态的绿色染向了社会。伸进山林的生态旅游,不再悖谬绿色,开进森林的生态企业，不再违逆生态。生态文明的绿意，由森林漫向社会，由社会漫向森林，一种生态文明的氛围，将人与人、人与社会、人与林融在了一起。

是每一棵树都成了森林的风景，是每一个人都成了风景里的一棵树。不过，不是苦楝树，而是合欢树。

我问，森林人最高兴的是什么？

森林人说，看着自己种的树，长成满世界的绿。

我问，那森林人最忧虑的是什么？

森林人说，担心这天然林保护工程，国家会不会停。

我说，我们不是在开启生态文明的纪元吗？

森林人说，是，应该只会前进，不会后退。

我说，我们不是在走进绿水青山的时代吗？

森林人说，是的，应该只能强化，不能弱化。

我说，我们不是在挺进绿色发展的世纪吗？

森林人说，是啊，国家怎么可能停了天然林保护工程？

那么，还有什么可忧虑的呢？

森林人笑了，笑得好灿烂，似乎整个森林都灿烂了。

作者简介

景平，本名李景平。中国环境报驻山西记者站站长，山西省环境保护作家协会主席。著有《绿歌》《20世纪的绿色发言》《与黑色交锋》《报人论报》《山西之变》。主编《绿风》《生态汾河》《山西绿色散文选》《走进一条河流》等。曾荣获地球奖、中国新闻奖、中国环境文学奖、中国环境新闻奖、山西新闻奖、山西省"五个一工程奖"等奖项。

被绿叶照亮的土地

◇ 辛 茜

行走在雁门关外，内外长城之间，墨玉般凝重翻滚的绿涛在山间、河谷流淌。近看，樟子松、油松、落叶松丰满青翠，白杨、青杨、黑杨盎然耸立，伟岸的身躯，犹如这片原本贫瘠苍凉的黄土地上，为求得生存，不惜用生命，用青春之血浇灌、耕耘不息的雁北人民。

这是我第一次进入如此庞大壮观的人工林。它不像原始森林流畅婉转，借山水之体凸显其丰饶华美。它更像一位双手布满老茧的农民、护林人，一位裹着五色头巾，掩面不语，身材匀称的农妇。它热情朴实、慷慨大方，它热爱春天和秋天，每一根枝条上都淌着汗水，每一片叶子上，都闪着泪光。更有喜不自禁、苦尽甘来的幸福与甜蜜。阵阵微风吹过，树叶沙沙作响，又仿佛是他们用一生劳作为营造生活、营造世界，为身后的城市，河流、山村、麦田，筑起道道绿色屏障，发出的笑声。

功不可没的"小老树"

"小老树"是雁北人民对小叶杨亲切的称呼。当年，杨树丰产林实验局成立，第一任局长王宦和大家都倾向于用杨树直接命名这个集生产、科研、经营于一体的国有林业局，不仅突出了它在山西省九大国营林区中的特殊地位，更重要的是，他们对这一乡土树种倾注的感情。

共和国建立初期，百废待兴，人民需要生产生活，国家急需木材搞建设。然，雁门关外、桑干河畔，杨家将曾纵横驰骋的金沙滩古战场，屡经战火，满目疮痍，再加上近在眼前的毛乌素沙漠，一年四季，风沙不断。民谣："雁门关外野人家，不植桑榆不种麻。百里并无梨枣树，三春哪得桃杏花。六月雨过山头雪，狂风遍地满黄沙。""十山九秃头，洪水遍地流。风起黄沙飞，十年九不收。男人走口外，女人挖苦菜。"即是对雁门关外、长城内外间，四野大地的真实写照。

解放了，人民终于有了自己的土地。当地一位农民，却用土改分给他的12亩好地，换了一条荒山沟。沟里种了树，庄稼长势良好，引来了右玉县第一任县委书记张荣怀。张书记问："如此贫瘠的地方怎么会种出了这么好的庄稼？"农民回答："大道理我不懂，只知种树可以挡住风沙，挡住风沙可以种粮食，打下粮食，我可以娶到媳妇。"

1949年10月24日，右玉县委书记张荣怀在县委第一次工作会议上提出响亮口号："右玉要想富就得风沙住；要想风沙住，就得多栽树。要想家家富，每人十棵树"。1950年春天，他带领全县机关干部来到苍头河畔，率先完成了十棵树的任务。

1952年春天，地处晋西北，塞北高原的右玉县，擎起了在雁北大地上绘制绿色画卷的宏图大业。时任察哈尔省雁北专区专员的王仁山，调来了曾经打过日本鬼子，现华北林务局专职林业干部的胡应岗，直接任命他为右玉县造林站站长，负责植树造林。

当胡应岗带着专员的重托，风尘仆仆来到右玉时。他很清楚，来到这儿，就是来拼命的。

这一年的早春，雁北大地一片萧瑟。右玉旧城风沙蔽日，枯黄的街面上满是尘土。县委第二任书记王矩坤主持召开了植树造林动员大会，各区副区长、林业助理员背着行李步行几十里集中到县城开会。会议提出："大兵团作战，背锅带灶。"要求各区由区长带队，集中所有劳动力，全力以赴投入到绿化造林中。胡应岗自然是这场战役的组织者、一线指挥，直接在会上划出了三大地块，分配各乡劳力集中至杨村梁、红土堡梁、老虎坪。

至此，一场声势浩大的造林大会战拉开了序幕，朴实、勤劳、勇敢的右玉人民承担起了捍卫这片土地，造福千秋万代的重任。

胡应岗请来了察哈尔省林调队的技术人员，规划设计、技术指导。根据右玉石质山区、黄土丘陵、河滩地、南高北低的地形特点，决定首先营造一道西南至东北走向的大风林带，要求植树带宽25米、间隔带宽30米，尽量扩大控制风沙的面积，抵御西北风的侵袭。没想到，这一举措，竟然以最小的投入，获得了最大的防风效益，成功地成为右玉长时期控制风沙的实验林、样板林，成为三北防护林最基本的造林模式。

同时，胡应岗和请来的各地造林站的技术人员，共同确定以小叶杨为主栽树种。小叶杨是雁北大地的乡土树种，插条即可成活，无性繁殖，一经立足便可迅速生长。更重要的是，在海拔1200米左右，寒冷干燥、风沙频繁、土质营养缺乏的雁北大地，小叶杨可盘根错节，深扎地下，岿然不动。

中科院院士、著名森林资源专家唐守正说过："我国虽然树林分布很广，树木种类也很多，但真正能用于造林的树种并不太多。"北有"杨家将"，南有"沙家浜"。杨家将指的就是杨树。作为共和国建立初期，帮助人们解决大面积防风固沙、土壤贫瘠、气候问题的第一代先锋树种"小老树"实在功不可没。如今，它年老体衰，身残根裂，成了人们眼中的"小老树"，飘飘扬扬寻找自己另一半的柳絮，被现代人所厌恶。但是，它就像风烛残年的一头老牛，就像苦战几十年的老务林人，已经为人类，为后代倾其所有。我们有何面目去指责它，又怎能忍心因其衰老、丑陋而嫌弃。如果没有第一代小叶杨挺身而出，巍然耸立在荒丘、河谷；如果没有第一代老林业人的艰苦奋斗、无私奉献，如何换来今天的山清水秀，又如何让樟子松、油松、落叶松、侧柏、榆树、刺槐、柠条在它老而不衰，衰而不倒的身边轻松愉快地长大。

　　那是一场恢宏无比、豪迈无比的战役，参加过数次造林大会战的老林业人无不记忆犹新。在确定种植小叶杨的同时，技术人员又发明了"元宝坑"的造林方法，开口一米长，宽一锹，深0.8—1米，两边斜坡，呈倒三角形，顺斜坡两边各放一株秧苗，一穴两株。当初，挖坑全靠人力，大家可不分昼夜、日夜不息。但秧苗稀缺，人

们只能到偏远之地，残存于沟壑、河滩的零星小叶杨林中运回秧苗。胡应岗立即组织起大批当时最先进的运输工具——牛车，运送秧苗。从红土堡造林地到杀虎口和应洲湾运苗。单程30多里，一天只能拉一趟。途径马营河，河上无桥，需下水渡过。正值消凌洪水期，河水齐腰、河面宽阔，牛一下水就漫过了肚皮，陷在冰河中难以行动。运输的人没一人有丝毫犹豫，全部跳进河中。一时间，推车、赶牛、助威、呐喊、指挥声响彻河面。刺骨的冰水渗透骨髓，大腿被冰碴划破，鲜血直流。可人们全然不顾，奋力推车，送过一辆再推一辆，任凭身子在冰河中翻来滚去，任凭鲜红的血水随河水飘走。从杀虎口往老虎坪运秧苗，单程50多里。牛车往返一趟一天一夜。夜间行车，车前拴个马灯。一溜牛车，一串灯光。晃晃悠悠，忽明忽暗，像天上眨眼的星星，不知疲倦，缓慢坚定地行进在幽暗的道路上。分到各造林地的苗子尤为珍贵，造林队的干部们，把苗子扎成捆拉到河边。河水的源头是苍头河，苗子泡在清凌凌的河水里，才不会干枯。整整一夜，他们就躺在河边，守着苗子。数着天上的星星，瞧着弯弯的月亮，度过一夜又一夜。

全县的劳力集中到三地造林，吃饭和住宿成了非常困难的事。淳朴的乡亲们接纳了他们，三地周边的村庄住满了人，就连牛圈、羊圈、草房、杂物房、草垛里也住上了人。离家十几里的人步行往返回家，早去晚回，自带干粮。回不去的，三五一伙，就地掏个土坑烧火做饭。渴了就喝山沟里流出来，漂着羊粪的黄泥水。

但，造林的工地上红旗招展，人声鼎沸。尘土飞扬中，种树的人你争我抢相互比赛，干劲十足，以完成任务为荣。协助员手拿量尺寸的树棍满工地呼喊，不停地量尺寸，不停地命令：不够！再往深挖！再往深挖！不实！再往实踩！再往实踩！挖不够活不了，踩不实就要失败！看到深浅不一的坑，胡应岗急得满工地跑。还有人紧随其后，不停地报告，老虎坪没秧子啦，杨村梁进度缓慢，红土堡梁的坑不合标准……

经过日夜苦战。头一年，右玉的植树造林就打了个大胜仗，小叶杨的成活率远远超出了人们的期望。

1960年，根据不同流域、地形、地貌，成立了八个林场，右玉林业站成了油坊林场，胡应岗被任命为油坊林场场长。1961年，林业部副部长惠中权来右玉检查工作，给右玉县批了7台当年最先进的"东方红-54"链式拖拉机，从此，雁北地区开始了大规模的机械化造林。

机械造林是大兵团集群流水作业，一环紧扣一环，绝对不能失误。各个环节都非常紧张，需争分夺秒赶时间。白天两台机车同时作业，先由一台用尾犁开沟，再由撒秧人放秧，另一台车则紧随其后，负责复土。中间的撒秧人，被淹埋在滚滚黄沙中。驾驶机车的司机精神高度紧张，丝毫不敢懈怠，而农具手需注意力相当集中，依高低不平地形，不停地打犁。一时，撒秧、抱秧、剁秧、拉秧的奔跑不迭；送饭、送水、送油料的马不停蹄。换班的时候，所有人的头、眼、耳、鼻、嘴全是黄土，只露两只大眼忽闪。晚上，两台车同时用链轨镇压碾实，再由撒秧人放秧。机车暗弱的灯光在梁头上忽明忽暗，隆隆机声时高时低，响彻夜空，整夜不眠，直到天明。

这其中，令指挥者胡应岗站长头疼的还有一件就是资金。五六十年代国家处于困难时期，林场是半补贴事业单位，要完成大面积造林，只能把钱用在购置上，大量的劳务工作靠的是职工的奉献精神，完成春秋两季植树后得种地、放牛、放羊。

就是在这样艰苦的条件下，许是苍头河不甚妩媚，却情深义重的绵绵河水被感动；许是连天上的星星月亮，也不忍心让他们失望。在经历无数次挫折、失败与成功后，十年后的右玉竟然完成了32万亩造林任务，硬是让雁北大地上的"小老树"，在风沙遮面的荒山、枯地、丘陵筑起了一道艳丽夺目的绿色屏障。

2012年9月28日，国家主席习近平指出："右玉精神体现的是全心全意为人民服务，是迎难而上、艰苦奋斗，是久久为功、利在长远。""右玉精神是宝贵财富，一定要大力学习和弘扬。"

太阳升起在桑干河

与此同时，沿河流、地势走向分布在晋北黄土高原上的金沙滩林场、落阵营林场、薛家庄林场、九梁洼林场、云西林场、五旗林场、御河林场，相继展开了以小叶杨为主的大面积丰产林植树造林会战，分别依地势、风向建立起了一道道防风固沙的人工纯林。多年后，风沙危害减轻，良田面积扩大，气候得到改善，水土得到保持，人民生活得到改善。同时，延缓了毛乌素沙漠向东南迅速推进的速度，保障了京津两地的生态安全，减轻了黄河、海河下游的水患。再也看不到"风起沙滚，地暗天昏。掏尽垄沟，堵窗埋人"的凄惨景象。

二十多年过去了，小叶杨渐渐长大，苍头河两岸、桑干河畔，绿树葱茏、空气清新。但是，因当时急于成林，致使树种单一，苗木基础差，初植密度过大，病虫害严重，第一批大面积种植的小叶杨林用尽了气力，显出未老先衰的体态。1977年，在中国科学院、山西省林科所的帮助和指导下，金沙滩林场、落阵营林场率先选用三个杨树品种进行大地实验造林，开始逐渐改造更替小叶杨，加强抚育管理，集约经营。1980年6月，在林业部建议下，山西省人民政府批准成立了专业机构杨树丰产林实验局，承担起这一试点任务。1984年杨树局科技中心成功引进以樟子松、油松、落叶松为主的针叶林，改变了小叶杨林脆弱、单一的结构。在第一任局长王宦的大力推进下，开始更新造林，开展多树种、多层次、多模式的稳定的林分结构，促进了生物多样性，维护了生态平衡。

沿桑干河流域，新荣、左云、右玉的丘陵平缓地区往北，一片片人工林迎面扑来。淡绿的是小叶杨，深绿的是樟子松、油松、落叶松、白蜡、刺槐、杏树、柠条。桑干河水缓缓流淌，金沙滩古战场的148万亩试验田、样板林，从东到西，染绿了干枯的沙梁与荒丘。我跳下车，情不自禁地跑过去，抱住一棵又一棵粗壮的大树。它们笔直而上，擎天入云端；它们亲切温暖、宽容又从容，似在倾诉往事。

那是一年的春天，一位放羊的农民，见乌云掠过，赶紧寻了土窝把羊赶进去，抱住了头。狂风过后，睁开眼一看，羊没了。惊呼中，发现沙土把羊全埋了。1960年，金沙滩林场成立，林场职工背着铺盖住在周边村子里没日没夜地栽种小叶杨。1976年，林场来了一批插场的知识青年，书记付云开着拖拉机把他们接到了金沙滩。看着绿化后的青山和果园里的紫葡萄、红苹果，漂亮的女知青兴高采烈，早上唱着歌上班、晚上排练节目准备演出。可不久，秋季造林开始，她们被派到地里挖坑、打井、种树、修渠、种庄稼。那时候，林地里虽有著名的桑干河流过，但河水几近断流，两岸地势如流沙横扫，多为盐碱地，植树造林困难重重。可那时，没有人叫苦，一天只有两毛钱的补助，可也不知是什么力量支撑着人们，那么忘我地工作。付云书记和大家一样参加劳动，一起在地里就着风沙吃饭，躺在荒地、田埂上休息。他是1939年参加工作的老革命，抗日英雄，一身正气、正直善良，是女知青心中的男神，男知青心中的英雄。那时候，粮食不够吃，他家6个孩子，妻子又没工作，天天吃麸子拌的玉面窝头。厂里管磨坊的人偷偷给他家送去几斤玉米面，他回家一吃发现颜色不对，训了妻子，又狠狠批评了管磨坊的人。

场里的人都敬重付云书记。事过多年，男知青王志新还为他写了一首诗："书记身影，在月光下飘。脚步儿，静悄悄。寒风吹，树梢响。穿过树林，一阵小跑。箭一般，到了工地。与插场知青，打锅锥井。"女知青贾志萍是林场公认的"场花"，一直坚守在林场，快60岁了仍风韵犹存。她说，每逢春秋两季，为完成植树造林任务，真是苦不堪言。天天在林地干活，风吹日晒。手上磨起了血泡、累得腿打晃，但心里是快乐的。累一天，晚上能吃五个大馒头，一早爬起来接着再干。

当年，金沙滩林场还有一个让人无法忘怀的技术员赵世富。贾志萍认为，赵世富是学者，很有气质，与众不同。他跟知青打交道不多，但没有人不佩服他、敬重他。20世纪80年代，林场有些干部思想保守，不准女知青穿裙子、穿艳丽的衣服。赵世富却说："造林人创造着美，也要自己美，欣赏美。"他自己仪表堂堂，朴素洁净，更重要的是，赵世富人品极好，是第一任局长王宦最信任的科学技术人才。

说起杨树局第一任局长王宦，无人不知无人不晓。他的孙子王富对他的感情也颇为复杂，觉得他太不顾及家人的感受。但是，爱也罢，恨也罢，王宦的丰功伟绩就像照耀在桑干河上的太阳，炽热、隽永，散发着永不褪色的光辉。

王宦是抗日战争时期敌后武工队的抗日战士，担任过队长。他英勇善战，意志坚定，气得日本人到处抓他，抓不住就杀家里的耕牛，"扫荡"全村。他曾担任解放区区长、区委书记。新中国成立后，他主动要求到桑干河造林站植树造林。1950年，王宦被雁北地委推荐到人民大学深造，遗憾的是，临走时，突发疾病没去成，此后，便一直留在家乡。1980年杨树丰产林实验局成立，王宦被任命为局长。王宦为林业工作，为杨树局发展奉献了毕生心血。

尊重和信任知识分子是王宦局长一贯倡导的理念。他自己文化程度不高，可他知道，植树造林的关键除了吃苦、管护、防火，任劳任怨，还得有科技力量的支撑。赵世富、周洪、杨保庆等都是他扶持、重用起来的优秀知识分子、领导干部。"文革"十年，很多知识分子被下放到艰苦的地方，他却尽自己最大力量，把雁北地区的知识分子保护起来，免于批斗。"文革"结束后，被他保护过的知识分子得到平反，恢复工作，只要他吭一声，大家都跑来献计献策想办法。

勇往直前、无所畏惧，锐意进取的开拓意识，是王宦作为杨树局局长最大的特点。20世纪70年代，他在薛家庄林场担任场长，领先一步开辟了1万亩刺槐种子园，进行引进新品种、改造"小老树"丰产林的科学实验。大批林业方面的专家、科技人才成了他的得力助手，很多技术骨干都集中在薛家庄林场。他自己更是全身心扑在林场，每年正月初六按时进到山里召集会议，布置春季造林任务，制定新的目标。

1979年，国家林业部来薛家庄考察，看到技术员赵世富在王宦局长的支持下，以小叶杨为母本进行优种杨培育，在杨树丰产林基础上铺设的研究课题，获得茂密的样板林实验成果，对薛家庄的工作给予了极大肯定，决定由国家投资每亩100元，引进群众杨、小黑杨、合作杨，在金沙滩、薛家庄做实验，开展多种经营。这其中，赵世富起了巨大作用。赵世富是北京人，留学日本，学的是林业专业。1952年，他响应国家号召回国，任桑干河造林站站长从事林业技术工作，确定了雁北地区早期以小叶杨为主要栽培树种，在短时期内让寸草不生的雁门关外，内外长城间，建起绿色屏障，解决了防风固沙、改善气候条件的问题。

赵世富林业基础知识扎实、谦虚好学，善于调查研究，总结经验，堪称林业技术方面的权威。改革开放初期，在他的主持下，十年一个轮伐期，生长快、见效快的杨树丰产林，为国家建设做出了第二次杰出贡献。之后，面对小叶杨出现的问题，赵世富立即提出了更新改良的措施，从内蒙古红花尔基地引进樟子松，并经过薛家庄、金沙滩林场15年的实验，获得成功，得以大面积推广。

樟子松育苗非常困难，在当时无喷灌技术的情况下，完全靠人工浇水，十分辛苦。赵世富天天趴在地头，一棵一棵检查成活率，一丝不苟严把质量关。一年到头，每年只春节回家一次，其余时间，全待在林场，及时解决植树造林中出现的问题。提起赵世富，种了一辈子树的张宏世感触良多。他告诉我，赵世富不仅工作敬业，是技术上的权威，且品高致远，谦逊廉洁，绝不沾公家一点便宜。有年回北京过年，托张宏世买了5斤蚕豆，执意把钱交给了张宏世。

王宦局长性格执拗，工作雷厉风行，来不得半点含糊，只要工作安排了，就一定要想方设法干好。对反对他工作计划，不执行林场政策的人同样毫不含糊、绝不姑息。但是，他对赵世富一向尊重信赖。杨树局成立后，赵世富担任分管技术科研的副局长，掌管局财政，可自行调拨科研项目经费。王宦局长对他一百个放心，从不过问资金去向。因为他知道，赵世富绝不会贪图一分，或因私人关系，给任何人任何好处。他秉公办事，铁面无私，谁偷懒就给谁少记工分，谁踏实肯干，就提拔重用谁。

从事林业工作40年，王宦局长几乎和赵世富一年到头在林地里泡着，比和家人在一起的时间都长。没有节假日，没有轮休日，没有上班和下班，成天想的、合计的，就是种树种树。他们俩共同提出的十六字方针"年年丰产，块块验收，片片成林，棵棵成活"，是对林场职工的要求，也是对自己的要求。赵世富的妻子终年独自在北京生活，他自己同样清苦一生，为林业倾注所有。王宦轰轰烈烈，可他连自己的儿孙都顾不上管，把他们扔在乡下。王宦的儿子王进福为人老实，生活无着，四处打工，后在恒山林场伐木、背柴、盖房，做苦力。恒山林场知道他是王宦的儿子后，主动把他招了进去，成了一名正式的林业工人，踏踏实实一直干到退休。王宦对孙子王富要求严格，希望他长大后学林业，继续从事林业工作。作为王宦的后代，王富听从爷爷的教导，从山西林业学院毕业后，一直在杨树局工作。

令王宦心痛不已,让王富悲痛欲绝的是王富的哥哥王勇。王勇1973年出生,初中毕业后在五旗林场工作。1993年7月20日,是周六,其他人都放假回家了,只有他一人听从爷爷王宦的吩咐,在地里干活。下午3点,单位领导派他到新荣区取文件,路过淤泥河的迎宾大桥时,河水突然暴涨,在河边戏水的四个学生,掉进了洪水里。王勇听到呼救声,顾不得自己不会游泳,跳下河救人。但是,等王勇救出三个学生,把最后一个推上岸时,一个大浪扑了过来,精疲力竭的王勇刹那间被河水吞没。新荣区出动公职人员、解放军,近上万人沿河寻找。第二天中午,才在出事地点下游10公里处发现了他。

面对王勇年轻的生命,在场的人无不动容,失声痛哭。那一年,19岁的王勇已经有了一位可爱的女朋友,闻听噩耗,她悲痛难忍,情难自禁。王勇是个非常优秀的青年,爱学习、爱劳动,小时候和弟弟王富一起在农村母亲身边长大。长大工作后,和爷爷一起生活,每月工资按时交给爷爷,自己身上从来不带钱。牺牲后,只找到了一个陪伴着他的笔记本,里面抄录着名人格言,夹着一张雷锋的照片。王宦失去了最喜欢的大孙子,但是,他却沉默着,没有露出过多的悲伤。最令人感动的是,王勇的女朋友,拒绝来自各方的追求,两年后,嫁给了王勇的弟弟王富,恩爱度日,相濡以沫,尽心孝敬爷爷,直到王宦终老。

这就是一代又一代林业人的生活,一代又一代林业人的付出、理想、牺牲与隐忍。假如没有王宦一贯秉持的强硬的执行力,重科技重人才,为林业呕心沥血,哪有雁北大地、桑干河两岸,潮水般恣情洋溢、震撼人心的人工林。

如今,雁门关外,内外长城间,防风固沙的绿色屏障,一浪高过一浪。1970年代后期培育出的第一代杂交杨"群众杨""合作

杨""小黑杨"均以小叶杨抗性强的特点为母本,改善了小叶杨速生、通直、冠幅小的弱点,成了小叶杨的替代树;和西德开展了13年的技术合作项目,让杨树局成为重要的科研基地,进入了杂交育种,培育优良树种,经营模式探索的新阶段;大面积推广樟子松为主的针叶林,逐步实现针阔混交、乔灌混交,改造林分结构的模式,科学化经营,更增加了森林后备资源,形成了健康稳定的森林生态系统;种植业、养殖业、生态旅游的发展,成为新时代加速林业建设进程的新方向。

朴实无华育苗人

一连几天,杨树局总工程师周玉泉,王宦局长的孙子王富陪着我,从右玉县走到金沙滩。右玉油坊林场老虎坪苗圃的育苗人韩保、金沙滩林场苗圃基地的张林、曹慧书给我留下了深刻的印象。韩保的父亲韩林如是油坊林场元堡队的护林员,工作了40年,一个月回三趟家。韩保的母亲在家又种地,又带孩子,靠父亲一个月100元的工资贴补生活。1990年父亲退休,韩保进了油坊林场,先在农业组种庄稼、放牛羊。两年后,分配到老虎坪苗圃,一直干到现在。

吃过午饭,老虎坪苗圃的主任王东升、刘波、王文富和韩保带着我来到苗圃地。5月的右玉刚刚度过了一场寒流的侵袭,阳光灼热。油松已经出苗,380万营养杯已经装完,韩保悬着的心放了下来。刚出的苗只能用小喷壶浇水,韩保和主任王东升弯下身子,一棵棵查看。还好,树苗日渐饱满,无丝毫倦怠之色。才知,育苗工作是一件多么繁琐,又了不起的工作,考验着育苗人的耐心、爱心和责任心。油松的种子比芝麻大一点,首先要在高锰酸钾中浸泡消毒,然后取出用热水泡。一天一夜后取出,再用清水洗净,放在屋子里加温,让种子咧开嘴。这时候,苗圃地里做好了床,张开小嘴的种子被轻轻撒在床面上，盖上细沙土。接下来，得细细地喷水，从早到晚地看鸟，和树枝做的假人相伴相守在苗圃地里，吃饭轮流吃，一刻也离不了人。十天后，种子到了发芽的时候，韩保的心提到了嗓子眼。早上五点他就来到苗圃地观察，如果种子如期发芽，他的心里便乐开了花，苗圃中心的人就得庆祝一番。如果失败了，就得找出原因，或者赶紧补育。不过这么多年，因为韩保像照顾婴儿，不，比照顾婴儿还要认真地看护苗圃，这种情况还没出现过。

种子发了芽，需要打营养药，一天喷三次水。特别是炎热的中午，苗子最弱，更不能休息，越热的时候，越要喷水，保持湿度。到了冬天，娇气的苗子还要盖一层薄膜，春天来临，再揭开。树苗慢慢长大，苗子旁边的杂草需要用手轻轻拔掉，不能对苗子有一点伤害。三年后，树苗要从苗圃地移出来，装入营养杯。再过上两年才能送到各林场栽植。这样的工作，一年360天，天天如此，年年如此，韩保干了25年。一茬苗子出来了，紧着侍弄下一茬。每天早上5点半来到苗圃，黄昏时回家，关键几天，要守到天黑。自己的家距离苗圃基地20里，过去骑自行车，现在骑摩托。风里雨里，寒冬暑热，一年又一年。

出苗的日子到了，韩保眼巴巴地看着人家把他手中的苗子装到车上，拉到他看不见的地方，心里满怀惆怅，牵肠挂肚地只愿人们对他的孩子好一点，让他们无忧无虑地长大成才。

韩保是个憨厚朴实的人，头发见白，身体结实。他不会说好听的话，不会表达自己的心情。一双粗糙的手，哺育着一棵棵秧苗；一双含着善意的眼睛，细细观察着排列整齐的小树苗。问他为什么这样用心，这样下苦。他笑了笑，说习惯了，不觉得是苦、是累。

此时此刻，我真想用大段篇幅抒发我的感情，对劳动人民，对务林人的尊重与感激。但是林场的故事太多了，不容我有文字上的过度渲染与浪费。

到了金沙滩苗圃基地。科技中心的主任李丕权，陪着我和周总、王富在品种繁多、长势旺盛的林地里徜徉，享受新鲜的树林里香甜的气息。一会儿周总不见了。过了好一会，才见他和一位身子单薄的年轻人从林子里走了出来。原来，这位年轻人就是王富早就跟我说过的育苗人张林。他见周总来到苗圃地，不知什么时候，把周总拉到了地里。这几天，他正在紧张等待，心里七上八下，不知刚种下的樟子松能否顺利发芽。结果，经验丰富的周总一看没问题，张林才放下心来。

2010年，张林从山西林业学校毕业，分到了金沙滩林场苗圃中心组排车间。十年来，一直从事育苗工作，干着和韩保一样的工作。这两个林场各有特点，育苗难度都比较大。油坊林场高寒干燥，金沙滩林场土质多为盐碱、沙地，不仅需要技术，还要守得住寂寞、耐得住性子。张林的父亲张成富是金沙滩林场的拖拉机手，在林场干了一辈子。俩儿子一个叫森，一个叫林，一出生就带着父亲强烈的重托。现在，哥哥张森是云西林场造林队队长，张林是苗圃队队长，父亲总算心满意足，但只要一见面，就嘱咐两个儿子好好干。我想和张林多聊几句，可他一个劲往后退，你问周总吧，周总什么都知道，比我还清楚我自己，羞答答地竟然跑了。

"像他这样的年轻人真是不多了。"周总感慨地摇摇头。张林育苗近十载，节约勤俭，爱学习，善于总结经验，积累知识。他从不抱怨，从不懈怠，默默工作，踏实用心。每天雷打不动早上6点钟来，晚上6点钟回，七八点回家是常有的事。中午让人换着随便吃点饭，就回到苗圃地守着。现在可自动控温，过去，全靠人工，苗子离不开人，特别中午，苗子最弱的时候，一旦发现干了、弱了就得浇水，还不能浇太多。就得整天趴在苗圃地，监督检查干活，呵护着树苗。除了下雨天，在家里休息，其余日子只记得生产期、出苗期，根本没有周末、节假日的概念。要说韩保是1960年代生人，可张林30出头，林校毕业，何以如此踏实工作，守在这寂寞的苗圃地，与树苗对话，与树苗做伴，真是一件令人感慨万端的事，也是杨树局的幸运，杨树局未来的希望！张林长得很瘦，个头不大，却有位漂亮的妻子，李丕权主任说，长得像明星张柏芝。他们相识相爱在组排车间，结婚后妻子专心在家带孩子料理家务。张林什么也顾不上，什么也不管，妻子有事找他，还得到苗圃地。他从来不会因家里的私事放下苗圃的工作，完全不像个现代青年，倒像是五六十年代参与植树造林大会战的老同志。

　　离开张林，我们来到另一块苗圃地，遇到了这片苗圃的负责人曹慧书。曹慧书人到中年，患有严重的糖尿病，却一直带病坚持工作。他有技术，有文化，经常自己找地方开荒建苗圃。他管理的苗圃，基本为沙地，没有黏性，但是，因为他掌握了高超的育苗技术，产量很高。这几天，正是装营养杯的时候，他从早上6点盯到晚上8点，检查装杯质量，培训从附近村子雇来装杯的农民。他原来在技术部，两年后到了苗圃基地，已经干了30多年，也是苗圃队队长。樟子松的种子比油松还小，芝麻粒大，很难想象它咧开嘴的模样。曹慧书是一位优秀的育苗人，杨树局八个林场，若干苗圃基地，数他哺育的苗子产量高。一年装杯达400万个。

　　育苗人的故事，发生在油坊、金沙滩、云西等八大林场数不清的苗圃基地。他们的故事，他们晒得黝黑的皮肤，粗糙的面庞仿佛让我走进了另一个世界，另一片温暖的天地。黄昏降临，金沙滩林场的何场长和我们一同走出林场办公室，朦胧的月光下，杨树高大魁梧，樟子松、油松、金杨、黑杨、合作杨、白蜡散发出各自清香。左边有间外观装饰一新的大房间，金沙滩林场场长贺业厚准备向局里打报告，把它改造成杨树局纪念馆，展示杨树局成立以来，在植树造林，依靠科技力量，将雁北地区以小叶杨为主的大面积丰产林，改造更新为针叶、阔叶、灌木混交一体的人工林，提高林区防护功能，加强其稳定性等方面取得的重要成就。

绿色传承，绿色希望

曾经有专家说，再过二十年，"小老树"将不复存在。但是，我亲眼所见，人工林幽深的密林深处，处处都有顽强的"小老树"依然在健康成长。有了它们，成功引进的阔叶松、乔木、灌木才会生长良好，那被更新改造了的金白杨、小黑杨、合作杨、群众杨、北京杨、旱柳、柠条才会在它的护佑下枝繁叶茂。

两天半的时间，杨树局的总工程师周清泉一直陪着我。他就像一台计算机，对杨树丰产林实验局的历史、各林场场史、林场职工如数家珍。他自己本就是一位出色的林业技术人员，西北林业学院毕业，当过场长、在金沙滩科技中心工作多年，种树、浇地、管护、搞实验、种样板林，样样精通。或骑自行车，或步行去林地检查、指导是常有的事。三天时间，他帮助我很快了解到杨树局的基本情况、工作重心、各林场特点，熟悉程度如他掌上纹路，且记忆力惊人，也让我领会到杨树局在三北防护林保护工程、京冀风沙源治理、科技创新方面做出的卓越贡献和引领示范作用。可以肯定，没有雁门关外，内外长城之间，杨树局辖区八大林场依靠雁北人民，在解放初期展开多次大规模的植树造林大会战；没有艰苦卓绝的劳动人民，把植树造林作为自己今生今世安身立命、奋斗一生的事业和方向；没有科技工作者、林业技术人员发扬自力更生的创新精神，对植树造林、更新改造小叶杨给予科研技术支撑；那么，京冀风沙源，毛乌素沙漠的迅速推进将难以遏制，土地大面积沙化、干旱少雨的气候，最终会导致大批人流离失所，远离家乡。

周总是亲历者，也是目前从宏观上掌握这一庞大生态系统工程的权威。他说，从 20 世纪 50 年代开始，杨树局植树造林的方法在不断传承中。50年代："哪里有地哪里栽，先让局部绿起来"；60年代："哪里有风，哪里栽，要把风沙锁起来"；70年代："哪里有空哪里栽，再把窟窿补起来"；80年代："适地适树合理栽，再把松柏补进来"；90年代："乔灌混交立体栽，绿色屏障建起来"；新世纪："退耕还林连片栽，遍地山川亮起来"。

杨树局是山西省九大林区之首，唯一的人工林。经过几十年风雨磨砺，苍头河湿地公园、桑干河自然保护区、金沙滩森林公园构成的人与自然和谐共生的林区风韵，"春有黄玛瑙、夏有绿翡翠、秋有金琥珀、冬有白玉石"的一年四景，让雁北大地，桑干河畔的绿化生态之路越走越宽。

山绿了，水清了。杨树局的务林人怎能忘记昔日"小老杨"防风固沙、不屈不挠的丰功伟绩；怎能忘记雁北人民像"小老杨"一样，咬住青山不放松、甩开膀子不怕苦、艰苦奋斗不歇脚的"种树精神"。杨树局感天动地的奋斗史就是"小老杨"的成长史。"小老杨"历经风雨坚持不懈的品质，就是杨树局尊重科学、百折不挠、艰苦奋斗，开拓进取的创业精神，黄土高原上的生态奇迹。

如今，右玉成了全国唯一的全域旅游县。金沙滩古战场，桑干河两岸，新荣、左云丘陵平缓地区更是玉树葱茏，清风拂面。要说，来晋北看什么，雁北大地上的苍头河、桑干河会自豪地告诉你，是来看树的。看"小老树"历经沧桑、安宁从容，看"小老树"身边的云杉、障子树、白蜡、刺槐、榆树……妖娆多姿，更待细细体会雁门关外、内外长城间，植树造林的一代代务林人和值得礼赞的林业英雄们留下的奋斗足迹。只可惜，我不能走遍雁北大地、桑干河畔。只可惜，还有多少像韩林如、二毛这样一年忙到头的护林人，赵国政、张宏世这样的老场长，贺业厚、郝文贵般年富力强的林场场长这样的一家三代林业人，劳动模范徐凤维、张艮、张明福以及未曾谋面的林业人说不尽的故事，亘古不变的决心和希望，不能一一尽述。

雁北大地,谁主沉浮?

愿雁北大地长青,愿雁北人民永远安居乐业。

这是一片被绿叶照亮的土地,满怀深情和憧憬。

作者简介

辛茜,作家、编辑。中国作家协会会员,鲁迅文学院第 24 届高研班学员。作品见于《人民文学》《中国作家》《散文》《散文百家》《青海湖》《芳草》《诗歌月刊》《四川文学》《滇池》《人民日报》《文艺报》《光明日报》《中国文化报》《新民晚报》。已出版散文集《眼睛里的蓝》《茜草为红》《灵动的水》《一望成雪》。曾荣获青海省政府颁发的文学创作奖、首届中国"丝路散文奖""人民文学"近作短评金奖。

中条山上满眼绿

◇ 成向阳

中条山在哪里？这并不是一个多余的问题。

因为说起中条山，有太多的人一生都未闻其名，更不知其实，故将其臆想为荒壤僻土、乌有之乡而等闲视之。

是的，中条山并无三山五岳之仙名，亦无珠穆朗玛之高峻。但如果说，中条山曾塑造了古代"中国"，曾催生了华夏文明，你是否能不为之感到讶异？如果说，中条山保存有现今华北地区唯一的原始森林，其中珍藏着1400多种植物和320种动物，被誉为华北地区最大的生物基因宝库，你是否能不为之感到惊奇而急欲一窥究竟？

如果，真能有机会亲眼看一看那些红豆杉、古银杏、连香木、山白树、翅果油树和金钱豹、黑鹳、金雕、猕猴、原麝、勺鸡、娃娃鱼等大量稀有野生动植物，我相信，一定有太多的人会对中条山生出神往之心。

那么,中条山究竟在哪里?

宋代著名诗人王禹偁在他的名诗《中条山》里为我们勾画了一幅清晰的导航图——"崛起巨河边,奔腾欲上天。远临沧海尽,高与太行连。大块横为脊,它山立似拳。……北笑恒藏宝,西轻华耸莲。三门遥托迹,五老迥差肩。……斯文如已矣,此地可终焉。暂看犹销病,频登合得仙……"

在这幅诗意纵横的导航图中,中条山与黄河、太行、恒山、华山等著名地标或连接,或对峙,它横如脊,立似拳,山势奔腾欲上天。诗人因而发自内心地赞美道:"如果天下斯文沦丧,中条山可作终了一生的世外桃源。只要看一看它,就可以身体安泰,如果有幸长期身处其中,则可快乐无忧赛神仙。"

如果我们进一步展开中国山地图,则可更清晰地发现一条看似普通实则神奇的绿色山脉。当我们的目光由燕山出发,沿着巍巍八百里太行,一路穿越天下之脊抵达中分天下之秦岭,就会在二者即将相吻之处发现一道东西横向绵延的细长山脉,这便是中条山。

清《一统志》中说:"狭而长,西华岳,东太行,此山居中,故曰中条。"从地势上来看,狭长而分岔的中条山很像太行这条飞腾的巨龙向着西南方横甩出的一条长尾。这一甩看似随意,却在陕西、山西、河南三省之间广阔的地域中"立起"一道东西长170余公里、南北宽10至30公里、海拔高度1200米至2322米的天然屏障来。如果我们乘坐观景飞机在这一山川纵横的广阔地域中来一次航拍,会发现顺着与太行主脉蜿蜒平行的吕梁山由北向南滚滚而来的黄河,在流经中条山西南角的雷首山时猛地一拐,又紧贴着中条山的南麓浩浩汤汤流奔中原大地。

头枕大河,身控三省,这一特殊的地理形势,使中条山天然重要——向西,它可以隔着黄河远眺关中平原,拱卫京师长安;向南,它又可以隔河俯视中原大地，守护宛洛以及更悠远的南方；向东它则可以呼应汾晋，遥控华北。所以，兵家说，中条山是中国的齐格菲与东方的马奇诺；经济学家说，中条山是粮仓，是盐湖，是金库，得之守之治之者可王天下；地质学家和气象学家说，它是西部秦岭山系向东部低山丘陵过渡区域，同时也是暖温带向亚热带过渡地带，地质和气候条件为山西全省所仅见；而生态学家则说，中条山是华北最大的生物基因宝库，是黄河母亲胸前的生态净化器，是中国的一叶绿肺。

"条山苍，河水黄，波浪滚滚去，松柏在山岗。"在唐代著名诗人韩愈的眼中，森林覆盖的青苍中条，是黄河母亲的生态守护者，没有松柏在山岗，哪里会有波浪滚滚、绵延不息的华夏文明呢？

是的，人类是从森林中走来的万物之灵长，是森林养育了人类，又催生了文明。而中条山莽莽苍苍的森林则养育了最早的中国先民，催生了早期的华夏文明。从180万年前的西侯度人、五六十万年前的匼河人、20万年前的丁村人、15000年前的下川人，直到三皇五帝，以及中国第一个王朝夏，原始森林覆盖的中条山区始终占据着华夏文明的制高点，始终是中国先民温暖的栖息地，始终是古"中国"疆域的核心地带。正是它的出现和存在，先民创造的华夏文明才有了第一个稳定的中心与向外拓展的种种可能。

从此以降，中条山的森林便与历史浪潮中的人类结伴同行，息息共存。在时间永不停息的演进中，人与森林既像亲友一般相依相存，相亲相爱，也曾一度像敌人一般彼此伤害，一损俱损。但最终，人类在巨大的代价中终于明白自然乃万物之母，自己乃森林之子，并由此确定了与森林相依相亲、共同发展的生态理念。

尤其是在新中国成立以来的70年中，中条山国有林管理局的几代务林人以青春和热血、勇气与智慧，在这片广袤而神奇的大地上为新中国森林事业做出了巨大的贡献。他们用生命在森林中留下的故事也开始成为时代的传奇。他们中的很多人，如今虽已成为时间河流中的无名者，但他们的辉煌、他们的荣耀、他们曾经的艰辛与苦难却都值得我们反复讲述并代代传颂。

不为别的，只因他们是真正的森林之子，是屹然挺立在中条山深处的生态脊梁。

筚路蓝缕　重振山林

1948年12月27日，这是中条山国有林管理局发展史上最为重要的一个日子。这一天，在临汾市翼城县大河地区斗垛村，根据晋冀鲁豫边区政府太岳行署民秘字第二号命令，太岳中条山林区正式成立。

这一天，主持工作的林区副主任杨瑞祥手中拿到了两个木质长方形印章。大的一方是"太岳中条林区关防"。小的一个长戳是"太岳中条林区"。这两方印章，标志着中条山林区的正式组建。翌日，太岳行署通令：凡有关中条山之森林一律收归国有。林区管辖范围暂定为阳城、沁水、翼城、垣曲、绛县5县。

在杨瑞祥于同年11月递交给太岳行署的一份29页近万字的《中条山森林调查总结》中，他指出了中条山林区国有森林已被严重破坏的事实。其中，垣曲县惟吮河上游天然林及阳城芦苇河、左河、古冷河、五曲河、沁河上游的杨柳等森林资源，因日寇占领时期的任意砍伐，破坏量已达三分之二。

这一调查数据绝非夸大其词，只需看看下面部分记录，便知彼时森林破坏程度之剧：

1941年5月，中条山战役期间，日军在皋落林场贾家山林地火葬尸体，林焚数日。

战役中，日军将绛县烟庄娘娘庙250亩保存数百年的柏树林和桦山凤凰岭200多亩山林砍伐一空。

战役后，日军为防止八路军和游击队袭击，砍光中村北山山林1000多亩。从阳城芹池到翼城西坞岭、从垣曲古城至同善以北道路沿线的森林亦多毁于日军兵火。

杨瑞祥在《调查总结》中还详细写道："（珍珠崖山林，被翼城曹公侯腾朝）于民国25年，连其祠堂私林一并卖于火柴公司，去木留山，现在该山已无存株。""（在皇姑曼、卧牛场等处）看到满山满沟腐烂的枕木，总不下三四万条之多。"

这说明，中条山森林，在日军破坏、当地乡绅私卖与军阀阎锡山的滥伐之下，已经十山九童，满目疮痍，林况降至历史最低点。而至解放前，中条山整个河谷盆地、丘陵和平陆县、三门峡至夏县大庙一线以西，森林已基本消失。中部深山地区也只有团片状次生林分布，连心脏地区的舜王坪周围森林也遭到严重破坏，森林覆盖率不足5%。

历经上百万年而苍翠不衰的中条山森林，也和那个时代在苦难中期待新生的国家与民族一样，要在血与火中来一次凤凰涅槃。

面对如此困局，以杨瑞祥为领导的第一代中条山务林人深切感到遭受严重伤害的森林该好好歇一歇了，于是提出全区封山育林计划，并立即出台周密的实施细则。从1950年至1952年，封山育林即见明显成效。如桦山管理区的凤凰山，封禁之前已成荒山，两三年间便满山新生的小柏树。再如绛县烟庄娘娘庙，因日寇破坏而成不毛之地，封育三年后，杨树、槲树、白麻、千金榆等幼树重新满布山岗。据1956年山西省林业勘察大队第一次森林资源清查数据显示，经过封山育林后的中条山，有林地加疏林地面积共11.67万公顷，比建国初期中条山各县《县志》所统计的残存天然林面积（118.69万亩，合7.91万公顷）多出了47.5%。

天上当然不会掉下林子来。这么快的林地增长，完全是第一代务林人一种一苗培育出来的。

当时，并无现成的树苗可以移栽，杨瑞祥的造林工作其实是从采集种子开始的。1948年8月，太岳行署便要求林区组织群众采集种子，准备"今秋明春造林工作"。杨瑞祥为此专门编写了主要树种种子采集法，对母树选择和种子采集注意事项做了明确阐述。从1950年至1957年，林区共收集优质种子30.71万斤，除自给外，

还由省局调往大同、太原、临汾、荣河等处供应兄弟单位。采种之后便是育苗，从1949年至1957年，林区育苗2583亩，从1951年移苗上山后，至1957年共造林56.93万亩。为了提高造林成活率，林区原坪泉经营所经过多年实践，总结出一套"明穴暗圪台"栽植法，后改称为"直壁靠边"栽植法。用这种方法当年在走马岭栽植油松1658亩，成活率高达88.7%。

在大范围、大面积造林的同时，抚育工作随即展开。第一代务林人像对待自己的孩子一样抚育刚成活的幼林和遭受破坏后的残次林。他们为幼林松穴、锄草、割灌，为残次林扩穴、打枝，并疏伐少数"霸王树"及"病号树"。从1952年至1957年，他们共抚育幼林10.46万亩，抚育残次成林3.32万亩，为中条山森林重现辉煌创造了条件。

当1958年的春天来到中条山，透过一山又一山新植的幼林与重新焕发生机的残次成林，人们发现，一条崭新的林区公路也从翼城县北关蜿蜒伸展到了沁水县下川乡猪尾沟。这条全长73.73公里的简易公路，是中条山林区成立以来修建的第一条林区公路。它的建成并投入使用，为即将到来的森林采伐大会战提供了不可缺少的动脉。

岁月无声　斧斤生寒

在中条山林区，老务林人无论如何也忘不了艰苦卓绝、上山采伐的1958年。

这一年，全国上下都开始"鼓足干劲、力争上游、多快好省建设社会主义"。一时间，各行各业都急需优质木料。巨大的木材供应缺口，急需森林贡献出它宝贵的资源。为了适应这一需要，中条山林局响应上级号召，立即在沁水县下川林区组织了大规模采伐作业，且一年之中三次下达紧急采伐任务，最终全年完成木材生产7.16

万立方米，此外还为二峰山铁路指挥部生产枕木 6.18 万根，直接支援了一线铁路建设。

数字是冰冷而抽象的，但每一立方木材、每一根枕木之下，都必然流淌着中条山第一代务林人的血汗，都必然回荡着他们不分昼夜连轴作业时的斧锯之声。

蛮坟背、猪尾沟，这两个如今听起来仍有些诡异的地名，当年完全是白热化的会战场，曾有一千多人的采伐队伍在这里的密林中同时进行采伐作业。有"中条山上铁脚板"之称的赵红烈便是当年采伐队中的一员。

赵红烈虽然已经因病去世多年，但他与他那一代务林人的故事，却由其老伴儿一件一件讲给了孙子赵新刚。

1958 年的大采伐，为了保证木材质量，采伐地必须选在人迹罕至故而森林资源保存完好的高山林区。历山深处的蛮坟背与猪尾沟正是这种山高林密、崖险沟深、难进难出之地。接到任务后，赵红烈和他的工友们就背起铺盖、提着锯子斧头爬上了海拔两千多米、道路横绝的深山老林。生产条件是极端艰苦的，采伐靠的主要是手里的鱼肚锯和斧头，运输只能靠肩膀和脊梁。为什么呢？因为伐木用的油锯，成本高，操作难，当时还无法普及使用；而运输上，全局能自己调动的汽车只有 6 辆，因交通不便，还只能远远停在山下。

采伐工地的生活条件更是几近原始与荒蛮——赵红烈他们住的是用树枝搭成的木棚，或者干脆就睡石坎，吃的是山水就窝头。晚上实在冷得扛不住，也只能躲进山洞里生火取个暖，因为森林中是绝对不可以生明火的。

这一年里，夏天高温潮热，深山老林中虫蛇遍地，采伐工人稍有不慎便会被毒蛇咬中腿脚。冬天里，寒风刺骨，大雪漫天，突来的暴风雪会把木棚连底卷起。赵红烈在半夜醒来，风雪吹得人想站都站不起来，只能趴在冰冷的地上等天亮。就是在这样艰难的条件下，赵红烈们也没有一点退缩。在当年第四季度作业中，他们突破 20000 立方米计划线，超额完成了 20203 立方米的木材生产任务。

但摆在赵红烈他们面前的难题绝不仅仅是采伐，砍下的 7 万多立方木材怎么顺利外运更是个天大的难题。要知道，山高沟险，没有道路，人可以勉强冒险攀登上下，但树木大量运输却绝不可能。

针对这一情况，1959 年，省厅指示侯马汽车运输公司组织车辆 90 余部突击拉运猪尾沟木材，部分用材单位也组织车辆参与拉运。中条林局领导深入现场勘察，认为绝不能等，也不能靠，只能自己开动脑筋想办法。但想来想去，办法似乎也只有一个，那就是先用人力把木头扛抬出最险路段，然后在条件允许的地方修筑小平车路或铺筑木轨道，实在无法搬运的，就把圆盘锯抬上山，就地把原木加工成板材下运。经过多方努力，总算搬运出一部分积压木材，但相当一大部分木材仍困山场。有个别特殊山场的木材运出量，尚不足采伐量的百分之一。

这些困积山场的优质木材，到 1962 年后重新开始植树造林时仍滞留原处，风吹雨淋，皆已霉烂变质。

植树造林　功荫千秋

"中条大河（林场）还有片好林子，可一定不能砍啊！"

这是几十年后，赵红烈在去世的前几天，鼻子上插着输氧管，躺在医院的病床上对林局前来探望他的同志们的最后嘱托。

短短的一句话，却道出了这位老务林人对森林的深厚情谊，也隐隐透露出了他遗留在岁月深处的那一丝无言的惋惜。从 1964 年开始，这位老务林人开始带头在端氏林场大面积荒山造林，至 1994 年，造林 48.08 万亩。

而 79 岁的老务林人曹振来老先生说："想尽办法也运不出来的

木材遍地都是，而我们的工作，就是重新植树造林，绿化荒山。"

曹振来，1962年从省林业专科学校毕业后就到了端氏林场一线开始造林工作。务林40年，他记忆最深刻的一句话，是时任省林业厅厅长的刘清泉说的，"同志们，哪里有猴子，咱们务林人就住到哪里去！"

"那时候，从林局机关、到林场场部、再到务林工地，全扎在山上，便于指挥决策和务林生产嘛！"

端氏林场荒山野岭多的是。曹振来他们六十几个人，每天的工作，就是爬山过岭挖树坑。到了植树季节，就是每天扛上七十多斤的树苗上山栽树，然后挑起水桶下沟挑水浇苗。"工地大得很，都是一万亩、两万亩的荒山"，而场部离工地六七十里，"每天你都是扛苗担桶满山跑"。

就这样，曹振来他们从1962年建场当年便造林321亩，1964年造林则突破千亩，而1971到1981年，连续10年造林均超过万亩。为什么能发展这么快呢？原因就一个：发动群众。

林场发动群众上山种树，种一亩能顶生产队里两个工分。一个工分值1块5毛钱，种活一亩树苗，3块钱。而一亩幼林有多少根呢？一亩地440个坑儿，种完种活就算好。

而那些漫山遍野挖出的树坑儿，就是曹振来他们林场专业队一年四季的主要工作。

山下十年运动，山上十年种树。"总共种活了多少呢？14万亩。"

在林场种树育林19年。曹振来在1981年终于评上了工程师。评上工程师对他来说，是一件天大的喜事。因为这意味着，自己的妻子和孩子终于可以作为随队家属离开平陆农村老家来到林区生活了。

而曹振来其实在上学期间便已成婚。19年中，他偶尔才可以抽空回一趟家，从沁水县端氏林场到平陆县，三百多公里，路上得走上两天。

"1962年的时候，沁河上还可以行船，我会先坐一段船。"

很难想象，遥望着山上层层叠叠新植的树苗，坐在沁河船尾上回家看望妻儿的曹振来，那时的心里会想些什么。

长途迢迢，沁水悠悠，羁旅中一颗归心会不会泛起缕缕柔情交织的寂寞？

而在他的身后，曾被砍伐一空的中条山林竟又重新绿起来了。51.44万亩新造林重新见证了中条山务林人守护森林、绿化大地的决心与意志。

但中条山务林人的内心又总是林海一般深沉，当被问及"工作40年，尤其是山里务林20年，您有什么特别印象深刻、特别高兴或特别不高兴的事情想说吗？"

曹振来老先生一阵沉默，最后说：

"这个……其实也没有什么可说的，就是……植树造林。中条山人，就是实干。"

森林不言　青春无悔

1976年春，17岁的裴宏君"插场"到了位于绛县东南的陈村林场。

作为"中国最后一批知青"中的一员，当年的他可完全没有想到，自己往林场里这一"插"，竟是整整43年。

"插场"其实和插队一样，都是城市知识青年上山下乡落户，接受贫下中农再教育的一种方式。但略有不同的是，"插场"每月能有9块钱的工资。而裴宏君是等后来上了山才知道，为了这9块钱工资，他们这些根本不知稼穑之苦的城市知青要在山林中付出多大的辛劳。

中条山林区，其实早在1960年代初就接收过来自长治等地的30多名知青，但由于林场生产、生活条件过于艰苦，这批知青不久之后便想尽办法调离或"因病"返城。1976年这一年，又有236名知识青年充实到中条山林局各林场，而来到陈村林场的一共50多人，裴宏君就是他们中间的一个。

这群由初中或两年制高中毕业的"插场青年"，事实上还只是一群稚气未脱的柔弱少年。他们中间大的也不过十七八岁，小的才十五岁，基本上都是城市生、城市长，没有干过重活、更没有受过辛苦的"娃娃"。这样的一群人猛然间往林场这么一"插"，才知道"劳动"这俩字的分量，才知道"苦"究竟是什么滋味。

"我们进林场的第一天，就先来了一场'忆苦思甜'。老红军、老八路讲完中条山革命史，我们这群知青，就吃了一顿'忆苦饭'。麸子野菜煮一锅，一人一大碗！"

这碗麸子炖野菜一吃完，陈村林场知青队就打上背包举起红旗上了山。

1962年3月建场的陈村林场，从建制规模上来说都算是中条林局属下的一个资源小场，但它地处运城、临汾两盆地交界之边缘，场内山地南北纵横，以主峰麦尖山为中心由东南向西北伸展。境东部为浍水河汇水区，中西部为涑水河源头。而这些山山水水，恰是裴宏君和他的知青工友们即将面对的主战场。

"上山之后，我们先是修林区公路。没有自己的工棚，我们被就近安置在山民家里。"

山民家闲置的两孔窑洞，就这样成了陈村林场五十多个男女知青的临时宿舍。窑里没有炕，更没有床，就是玉米秆子席地一铺，铺盖卷一放，大家就那么挤着睡。

"没想到第一晚就出了事。我们刚刚睡着，女知青睡的窑洞里就传来阵阵尖叫和大声哭喊。我们赶紧过去一看，她们说是老鼠在被子里乱窜。"

等翻看玉米秆子一看，遍地都是老鼠窝。其实也不能怨闲窑里有老鼠,是知青们"侵占"了人家老鼠的地盘。

等天一亮,裴宏君他们这些男知青赶紧找石灰、铡麦秸,和好灰泥,替女知青一一补好了那些老鼠洞。这,才勉强地住了下来。

"修完路,又自己在山上盖房。我们亲手砍下灌木,编成篱笆,抹上灰泥来当墙作顶,又砍下木头四面做成一个炕架子,中间密密钉上一排排小橼子,再铺上席子和被褥,我们就算是有了一个自己的家。"

林区劳动是繁重的,这群知青早出晚归,一回宿舍就累得连说话力气都没有了。"都是倒头就睡,哪还顾得上洗脸洗脚。女知青差不多也一样。"

整天伐木扛木,体力消耗实在是太大了,裴宏君说他最多一顿能吃7个窝头。这样的饭量在以前是不可想象的。但对知青来说,最怕的还不是出劳力伐树和扛木头,而是会经常性遭受"生漆皮炎"的严重威胁。

中条山林区多漆树,在陈村林场所在山区,这些漆树林有很多。但不幸的是,北方人的皮肤,大多数都对漆树过敏,但却又缺乏这方面的相关防护知识。在林区作业中,没有任何劳保护具的知青只要一接触到漆树,甚至只要在漆树边上多站一会,就会立即出现皮肤过敏症状。

患者发病部位多在没有衣物防护的露出部位,以面部、颈部、腕关节周围、手背、指背为多,这些部位的过敏皮肤会迅速感染身体其他部分,使过敏区扩展至外阴、胸、腹、腰、小腿等部位。而只要一经感染,患者的皮肤便潮红瘙痒,明显肿胀,刺痛难忍,严重脱皮,且有出水疱和糜烂倾向。

"一张瘦脸,能肿到像红包子一样,看不见眼睛在哪。有的人还会有怕冷、发热、头痛等全身症状。"

在交通闭塞且严重缺乏医疗条件的深山林区,漆树过敏患者只能靠吃扑尔敏解决,"等它自己好起来,一般得肿上个七八天"。但服用扑尔敏又会导致昏昏沉沉,严重嗜睡,这对林区从事采伐、运输木材工作的知青来说,不啻是以毒攻毒。所以知青们人人都怕漆树,但人人也都不可避免地在漆树过敏中闯过了这难熬的一关。

只是,这种又痒又痛苦的记忆实在是太深刻了,以致"有个太原知青,他后来,一听漆树这俩字就会皮肤发痒"。

时间过得很快,1977年国家恢复高考,紧接着就是全国范围内的知青返城。陈村林场的50多个知青,通过与地方煤矿企业对调的方式,一下就调走30多个,剩余的也陆续返城,最后只剩了裴宏君等4男2女6个人。相当于,留下了当初的一个零头。

但最终留下来的,都是精华。因为他们经受住了林区工作的严峻考验,并最终选择一插到底,为中条山林区事业奉献终身。

1977年5月18日,裴宏君等6名知青从绛县抵达上海松江学习木材加工技术。通过4个月的努力学习和1年多的工作实践,裴宏君于1979年成为陈村林场木材加工厂负责人。这对他来说,既是一种肯定,也是一种光荣的回报。

但他万万没有想到的是,福祸相依,命运偏偏要在他一帆风顺时和他开上一个过于严酷而不幸的玩笑——在一次给厂内车辆加油的过程中,由于设备老旧,现场突然起火,包括裴宏君在内的5个职工被严重烧伤。而他当时还不到21岁,结婚还没有多久。

养伤一年返场之后,裴宏君又不得不面临一个严峻的事实:那就是自己必须再次上山伐木,一切又得从头开始。他没有多说,也没有多想,背起铺盖就上了山。这一进山林,就是漫长的13年。

金子在哪里都发光,人才在哪里都是人才。13年中,他埋头弯腰苦干,抬头努力创新,一路从工人、技术员、工队长做到了副场长,但即使做了副场长,他也依旧是扎在山上,主管林场采伐工作。

这十几年中,他印象最深的还是1980年代的大暴雨和1990年代的暴风雪。

1982年和1988年，中条山暴雨频仍。尤其是1988年的7月到8月，中条山区所在的翼城、绛县、沁水、阳城、闻喜、浮山等县阴雨连绵，长达50余日。

7月19日这一天，陈村、南凡、中村、北坛各大林场连降大到暴雨多次。滚滚山洪一瞬间汇成巨流，在林区内反复冲撞洗掠，冲毁林道233.5公里，摧垮房屋76间、工棚110间。尤其可怕的是，山洪把山上到山下的道路冲毁几十处，补给车根本上不了山。

事实上，从这场旷日持久的雨一开始，脆弱的林道就受到威胁，补给就非常困难，山上时刻会面临断粮。而这场超大暴雨一下，山上就可能几十天内都没有粮吃。怎么办？时为工队长的裴宏君和6名林场工人商议后，决定立即带领劳务队200多人下山背粮。

他们早上4点起床，吃完山上仅有的一顿饭后，全员下山。

中条山的山，翻一座就能有十多里，从工地到补给地，整整有五十里！

他们当天赶到，每两人负责一袋面粉，轮流扛50里，连夜回到山上，因为第二天一早，还要组织生产自救，必须尽快把冲垮的工棚和房屋重新修起来。

"山上下了暴风雪更可怕。那还是10月里，只一晚上，雪就下得埋住了膝盖，人就冻得待不住了，山上房屋也不安全，就得赶紧全员下山。从山上回驻地，得翻好几座海拔一千七八百米的山，雪深没膝，大家急急往下赶，当时没什么感觉。等晚上到了半路上的农民家里过夜，人往火炉边一坐，才发现两条腿从膝盖到脚面，全冻得冰坨坨。哎呀——那可真是！哈哈哈。"

透过那张曾被青春的烈火灼烧，此刻却在阳光下显得坚毅而乐观的脸，听着他深情讲述中爽朗而豪迈的笑声，我们不禁感到，虽然40多年的时光就这样漫过，但它没有白白流逝，它把一个携带着知识来到林场的少年淬炼成了铁骨铮铮、敢做敢当的英雄务林人。而这一代人在苦难中奉献的青春，也使他们守护的中条山森林，显得那么美丽而多情。

多种经营　枝繁叶茂

1990年代后期，由于森林资源日益枯竭，中条山林局改变工作重心，森林抚育、改造与可发展多种森林经济成为新的时代课题。尤其是从1998年开始天然林保护工程之后，开放思路，多种经营，造福职工，开始成为各大林场工作主题。

比如位于中条山林区中段北部、沁水县西境的北坛林场，由于是在改革开放初期的1984年建场，该场干部职工天生具备一种"搞活经济"的头脑和胆略。

在改革开放方针指引下，林场充分利用地处县城的区位优势和资源优势，层层落实经济责任制，多种经营项目越办越红火。1989年，他们创建了自己的木材加工厂，很快便打出了自己的家具品牌，在沁水县独占鳌头。1992年又在沁水县开办家具商场，在当地和省直林业系统均有较大影响。2000年以来，他们及时转向种苗开发，尤其是第一个走出场门，面向社会承包绿化工程，在高平市、沁水县、翼城县等地绿化工程中均创出品牌，获得广泛赞誉，8年中盈利207.67万元，为林局各基层单位之首，为发展林业建设做出了突出贡献。

目前，在场长李红平带领下，全场职工正在按照中条山林局党委的要求，全力打造550亩孔必苗圃为窗口的一流示范苗木培育基地。

李红平在展望现代苗圃的发展前景时，完全像个大战前思路清晰、眼光敏锐的指挥员："林业现代化首先要实现种苗现代化，而种苗现代化首先必须实现苗圃管理现代化，苗圃管理的现代化又必须以良种繁育的现代化为前提。我们的目标，就是要将苗圃建设成为现代种苗园、苗木景观园、生态文化园、科普实践园，以我们的努力和成果，带动中条山现代林业事业的大发展，大跨越。"

和北坛林场相似，裴宏君带领下的陈村林场在新时代多种经营、搞活经济方面亦是敢为人先。

1995年下山主持林场工作之后，裴宏君面对当时场内森林资源匮乏、资金基本断绝的双重困境，大胆发扬"实干、苦干、敢干、会干"的工作作风，带领全场干部职工率先走出了一条发展种苗产业的新路子。

"1996年当场长后，一盘点，林场账面上只有8万块钱，大概只够给职工开一两个月的工资。怎么办呢？"

有道是天道酬勤。正在裴宏君上下求索，想尽一切办法解决困境的时候，林场周边村里来人了。原来村里要修小学校，没钱，所以计划把120亩果园承包给林场。此前，这个村曾把30亩果园地租给林场养梅花鹿，因为彼此信任，所以想再次找林场合作。

"这真是，正瞌睡就来了送枕头的。"裴宏君认识到这是一个天赐良机，立即签了承包合同，用10万块钱承包下了全部150亩土地，合同期限30年。林场职工一听裴场长要带领大家搞苗圃，谋出路，纷纷踊跃参与。由此，裴宏君一跃跳出低谷，平地起家，搞起了如今在整个林局和苗木界赫赫有名的龙泉洞苗木培育示范园。因规模化生产优质白皮松苗木，且市场经营状况良好，龙泉洞苗圃被林局职工誉为"绿色银行"。

站在苗圃的观景台上，风吹绿浪，阳光铺洒，伸展双臂讲解苗圃发展状况的裴宏君，一瞬间像要激情拥住那满山绿葱葱的白皮松。

那一刻，他是否会想起1976年春天那个稚嫩的17岁"插场"少年？

生态战线　铁骨铮铮

去过中条山国有林管理局属下的历山国家级自然保护区的人，大概都会记得主峰舜王坪脚下突兀耸立着的那9座烂尾欧式建筑物。

毕竟，它们实在太醒目又太怪异了。21年来，这些当初本来计划用作度假别墅的烂尾楼一直没有拆除，而是刻意保留着，让它们直挺挺地矗在那里，充当一片特殊的界碑，以警示一切蠢蠢欲动的势力：自然保护区，寸土不得侵犯。

这里面，其实还藏着一个可歌可颂的故事。

1998年，历山国家级自然保护区所在地方为了发展旅游经济，招商引资，擅自越过自然保护区区界，在舜王坪下的下川山口处开发修建违规度假别墅。

让当地部门和开发商恼羞成怒、头疼不止的是，此事从规划、

征地、开工一系列环节中，都遭到一个叫樊龙锁的人的顽强阻击。

樊龙锁，时任历山国家级自然保护区管理局局长。在中条山国有林管理局内部，他的军人式顽强、硬气、讲原则、不妥协是有名的。而更有名的是,他还是一个学问家！善学习，通政策，懂专业，会管理，思维敏捷，视野开阔，意识超前。他不但能把《中华人民共和国自然保护区条例》倒背如流，而且精通各种法律法规。有这样一个人把守在历山国家级自然保护区区界上，想违规侵入搞开发当然不会那么轻而易举。

但开发商和他背后的势力当然也不简单，他们想尽一切办法要推进这一违规旅游别墅项目。从规划开始，各种"请神仙，求保护"的小动作就开始了。而按照《中华人民共和国自然保护区条例》第三章第二十八、二十九、三十、三十二条有关规定，明令禁止在自然保护区的缓冲区开展旅游和生产经营活动；严禁开设与自然保护区保护方向不一致的参观、旅游项目。在自然保护区的核心区和缓冲区内，也不得建设任何生产设施。在自然保护区的实验区内，不得建设污染环境、破坏资源或者景观的生产设施；建设其他项目，其污染物排放不得超过国家和地方规定的污染物排放标准。

而舜王坪脚下，正是历山国家级自然保护区核心地带。其中保存有华北地区唯一的七十二混沟原始森林以及大量的国家级珍稀保护动植物。在这样重要的地域越界修度假别墅，真是敢冒天下之大不韪！这样的项目一旦建成，其生产、生活污染势必影响自然保护区景观质量和生态平衡。尤其可怕的是，此例一开，各种洪水猛兽必然蜂拥而至。到那时候，即是想堵也不可能堵得住。

生态保护意识超前且眼光敏锐的樊龙锁从一开始就意识到这一问题的严重性。

所以从项目规划环节开始，他就开始不屈不挠地据理力争，步步阻击。双方一度争执不下，最后只能由省政府出面召开工作协调会。

在省协调会上，樊龙锁当仁不让。面对各个态度暧昧的主管部门，他有理有据且毫不客气地要求各方，"请在会上当着省领导的面把话讲清楚，不要会下搞动作"。但协调会并没有取得预期成果，开发方依旧使尽伎俩私自违规施工。

由此也可见，违规开发商的"神通之大"，以及他们在推动项目进行方面的某种"决心和毅力"。

对这种"悍然入侵"，樊龙锁一方面上报中条山林管局出动森林公安维护现场，一方面向中央电视台《焦点访谈》等电视、报刊媒体和社会监督力量反映问题，给开发方施压。

面对自然保护区的严正态度和各种社会压力，开发商开始使出迂回手段，提出改变在建别墅性质、不设生活区等种种建议，并提出将两栋在建别墅出让给自然保护区的解决方案。但对此种"解决办法"，樊龙锁毅然一口回绝："突破底线的事，不行就是不行，说啥都不行！"

开发方最后无计可施，只好孤注一掷。他们先是"使了个软"，提出让自然保护区撤出现场森林公安，以免双方发生正面冲突的建议。为了安全考虑，樊龙锁同意了。但没有想到的是，森林公安一撤出，开发商马上变脸，违规别墅立即开始突击施工，并威胁：只要有保护区工作人员出面制止，马上"武力解决"。

樊龙锁对这种骗子行径和流氓嘴脸感到十分愤怒，但他随即冷静下来。他命人爬上建筑工地对面的一个制高点，每天蹲守拍照取证，然后拿出各种铁证将开发方告上了公堂。

最后，上级政府出面现场办公，明确提出了三条处理意见并报请省政府主管领导：一是立即停止并拆除在建违规建筑。二是今后不得再违规越界在自然保护区范围内开发旅游建筑。三是对开发方处以37万元的罚款。

至此，一场不见硝烟却险象环生的"历山保卫战"以胜利告终。

捍卫者樊龙锁的铁面上,终于露出了一丝难得的笑容。

直到2017年,当祁连山国家级自然保护区环境污染事件浮出水面,当人们对甘肃省及有关市县在自然保护区生态环境保护工作方面"不作为、不担当、不碰硬、搞变通、打折扣"感到无比愤怒的时候,很多人又一次想到了历山国家级自然保护区"1998年保卫战"这件事。很多人这时才真正认识到,当年,如果不是老樊生态保护意识超前,敢担当,敢碰硬,敢作为,敢坚持,被严重污染的也许就不只是祁连山了,很可能,也包括我们。

而"历山保卫战"只是中条山国有林管理局属下各大自然保护区和森林公园捍卫国家生态环境安全的一个缩影。在中条山国家森林公园、在蟒河国家级自然保护区、在涑水河源头自然保护区、在太宽河自然保护区,甚至是在各大林场每一个普通护林员的身上,我们都能发现生态卫士的铮铮铁骨。

21年后的今天,当我们来到历山自然保护区舜王坪下的下川山口处,那九栋烂尾的"度假别墅"仍然突兀地站立在夕阳之下。隔着界河远远看去,这些造型奇特、站姿招摇的欧式别墅烂尾楼,此时更像是一个意味复杂的象征。在中条山务林人铁骨铮铮的捍卫下,那些意欲入侵自然保护区的人的美梦破灭了。如今,那些资本梦想家设想中的度假别墅,只能给夕阳中悠然下山的牛群们提供一片别致的荫凉。

那群牛是在舜王坪下忽然出现的。据说,这些自然保护区里的历山牛们的日子异常幸福,"它们每天都喝矿泉水,吃奇花异草,补六味地黄丸"。

我们冲着夕阳远远地"哞——"一声,牛们就抢着过独木桥来了。

而夕阳下的舜王坪和它怀抱里的原始森林,在遥远处亦发出一声长长的回应。

放眼世界　任重道远

一个山窝窝里的林局，该怎样与世界接规？该怎样让自己管护抚育中的森林位列世界先进水平，这都是摆在中条山务林人面前的现实问题。

事实上，从林局一诞生，几代中条山务林人就都在思谋壮大与发展这一现实课题。而1989年，林局机关从沁水县张马村向侯马市的大搬迁，则承前启后，走出了林局跨越式发展的第一步。

其实，只要我们翻翻局史，就会发现，从1948年到1990年，中条山国有森林管理局机关曾先后搬迁8次，但基本上都是在山区打转转。尤其是从1948年组建起到1960年，机关搬迁七次之多，先后驻扎翼城县大河斗垛村、翼城县十河村大庙内、闻喜县西姚村、闻喜县火车站路南、侯马市南门外、沁水县城关、沁水县张马村，直到1990年，局机关才迁移至如今的侯马市新田路156号。

而局机关之所以能顺利"出村进城"，完全还是靠了时任局长侯功周的大胆作为与勇于担当。1987年，他想尽一切办法，从木材公司要回了属于中条林局侯马木材中转站占用地26亩。他计划修建局机关办公大楼。因为多年来他已敏锐地意识到，面向新世纪，中条山国有林管理局要想大步发展，就绝不能再困在山窝窝里，就必须到侯马这个南北交通枢纽，就必须有一个现代化的办公大楼。但这一切，不能等不能要，只能自己动手。

说干就干，他先到河津调查，引进技术一流的设计与施工队，仅用120万元就完成了全部工程建设。中条山林局实现了从沁水张马村到如今侯马市新田路的大搬迁，侯功周于是也成为林局发展史上承前启后、开拓前进的功臣。

"哎，当时，哦（我）可是担了好大的风险啊！但为了中条林局，哦（我）没啥说的。"

84 岁的侯功周老先生眉宇耸动，言语之中仍是不改当年的豪气。站在院子中自己手植的几十株红豆杉旁，老先生畅谈往事，意气风发。

这位 1956 年就参加工作的老务林人，从最初的"半工半读红专林校"教员、林场工人、技术员做起，一直做到了中村林场场长。中村林场是中条林局旗下的资源大场，1976 至 1983 年，在侯功周带领下，该场曾经为中国改革开放事业整整贡献木材十万立方米。而在 30 多年后的今天，在侯功周曾经战斗过的地方，中村林场正在面向世界，为建成世界先进水平的示范林场而努力。

从 2017 年开始，先后有两个引起外界广泛关注的中德合作项目在该林场开展实施。这在全山西林场中，绝对是独一份！

据中村林场副场长宁鹏介绍，这两个项目，一个是与德国联邦教育与研究部（BMBF）合作的"中国森林可持续经营规划"项目，另一个是和德国联邦食品粮农部（BMEL）合作的"山西森林可持续经营技术示范林场建设"项目。

这两个项目之所以能够落户中条山林局中村林场，完全是因为在"水源涵养林多目标经营"这一国家级项目研究过程中，中国林业科学研究院领导与学者们惊喜地发现了中村林场丰富多元的森林资源和其独特优势。在这里搞森林可持续经营规划研究，对中国未来森林事业有重大意义。

2016 年，德国弗莱堡大学森林生长研究所、中国林业科学研究院林业科技信息研究所和山西省中条山国有林管理局联合申报了《中国森林可持续经营规划》项目，获得了德国联邦教育与研究部（BMBF）的批准。2018 年 2 月，中德合作"中国森林可持续经营规划"项目签约实施。德方出资 33 万欧元，中方投资 85 万元人民币。项目目标包括：研建中条林区典型树种木生长收获量表，主要树种有油松、华山松、落叶松、辽东栎、栓皮栎、白桦、檀子栎、槲栎等 8 个树种；制定典型林分类型及全周期森林经营技术路线与措施；

应用经调试的德方开发的森林经营方案编制软件（GISCON 软件公司），编制中村林场下川营林区 10 年森林经营方案；建立森林经营示范区；完成森林经营人才能力建设培训。

截至目前，该项目已确定了油松乔林、针叶混交林、辽东栎乔林等 30 余个森林经营类型和 40 余项不同阶段的作业措施；完成了 8 个树种共计 216 株优势木的选择、取样、扫描和解析工作和下川营林区 3500 公顷森林经营方案编制的资源调查工作；建设了 5 个森林经营类型的样板示范基地和不同经营措施的油松纯林永久样地；编制了 5 项不同林分类型的经营指南；完成了森林经营规划软件的安装调试工作；初步搭成了国际研学活动框架。

在项目实施过程中，七十多岁的德国森林专家斯皮克先生与中村林场结下了不解之缘。而中村林场里的年轻技术人员，也从这位驻场的德国老爷子身上，看到了德国务林人超一流的职业精神。

宁鹏说："老爷子那么大年纪了，但爬山越岭钻林子，一点都不输年轻人。一上山，他的穿衣打扮言谈举止，完全就是个林业工人；而一下山，他又西装革履，举手投足，完全是个国际级别的森林专家。我们一般早上 7 点半出发上山，而斯皮克 7 点 25 就站在门前等了。一上大巴车，他也不坐，而是一路站着，给大家开'大巴课堂'。真没说的，这老爷子让我们学到很多。"

与此同时，中德合作"山西森林可持续经营技术示范林场建设"项目也有条不紊地展开。该项目总投资 3145 万元人民币，其中，德方出资 89 万欧元，中方通过项目投资 2451 万元人民币。项目将编制中村林场全场的森林可持续经营指南和经营方案，实施科学的森林经营活动，开展标准的管理及经营技术培训，总结形成汇编规划和项目经验，最终将中村林场建成一个"集森林经营管理、技术培训、林业研究于一体"的示范性林场，搭建中德林业技术长期合作平台，森林经营管理、技术、培训、研究平台和林业技术人才教育培训平台，为山西森林经营提供示范，为中国林业政策发展提供支撑。

从 2018 年 3 月 21 日项目座谈会召开以来，德国食品与农业部指定咨询机构 GFA 项目主任 Christian Aschenbach（克里斯蒂安•阿斯琴巴赫）先生和 Hubert Forster（休伯特•福斯特）先生、国家林业局经济发展研究中心宏观战略室刘珉主任和赵海兰博士、山西省林业厅和山西省林科院相关业务处负责同志、中条林局局领导和中村林场相关人员多次磋商并实地调研。2019 年 2 月 18 日，中

德合作"山西森林可持续经营技术示范林场建设"项目正式签约实施，实施期为三年（2019—2022）。

2019年2月19日至3月30日，德方专家进驻中条山国有林管理局中村林场，就项目开展了第一阶段工作，山西省林业科学研究院相关专家也参与了项目技术支撑。该阶段制定了"指示性工作计划"和"2019年度工作计划表"，确定了林业科学研究主题；初步编制了中村林场森林经营规划方法和森林培育指南英文版；建设了2000亩的油松天然次生林近自然经营示范区，其中：10个考察点的"森林大讲堂"50亩、科学研究基地100亩、应用推广区1850亩。

目前，项目第二阶段工作已开始实施，中德双方深入探讨了德方提供的森林经营规划方法和手册，初步确定了项目下一个示范点，同时已在林场开展了数据库数据输入培训，即将按计划开展野外数据调查。

放眼世界，任重道远。年轻的新一代中条山务林人正在学习与创新中努力。

我们期待，在不久的将来，中村林场这个历史悠久、英雄辈出的著名林场，能成为具备国际一流水平的示范林场。而由它头前探路，创新探索，中条山国有林管理局的整体事业必将蒸蒸日上，必将为山西生态环境保护事业做出更大的贡献，必将为落实习近平总书记"绿水青山就是金山银山"的新时代生态理念做出更丰富、更生动的注解。

作者简介

成向阳，中国作家协会会员，山西省文学院签约作家，鲁迅文学院第33届青年作家高研班学员。著有散文集《历史圈：我是达人》《青春诗经》《夜夜神》，诗集《跑火车》。

黑茶山访绿

◇ 冷 杉

>黄土地，黑茶山，齐心向绿几十年；红色留基因，开创新亮点，生态扶贫美名传。
>
>——题记

一个风和日丽的周末，我奉命去山西省黑茶山国有林管理局，完成一项采访任务。接近中午，轻装踏上高铁，一路西进。午后，到达太原南站，巍巍吕梁山便展现在眼前。

到车站来接我的建龙兄弟和司机师傅早早地等在那里。寒暄之后，马不停蹄。汽车迅速西行，北山，拐上山边，伴吕梁山而行，典型的黄土高原台状地貌，起伏连绵，沟壑纵横，一眼望不到边。

建龙兄弟是黑茶山国有林管理局天保公益林管理科科长，健谈、朴实、有见地、年轻有为。此刻，他面对车窗外的景色，感慨地说，这大面积的宜林荒山要是搁在黑茶山，那就变成生态扶贫的资源了。

嘿，我抬头看了看他，觉得这话有点意思，便不解地问道，宜林荒山怎么就变成了生态扶贫的资源了呢？

哦，我说这话是有所指，我指的是我们黑茶山如果要是再有这样的两个山头，那森林面积最起码还会增加它个百八十万亩的，只可惜呀，想种树，没地了。没地了，您说怎么办？正好搭上了生态扶贫的这趟快车。

随着汽车的前行，车窗外的景色，渐渐由大片大片的黄色变成了星星点点的绿色，进而又变成郁郁葱葱的墨绿颜色了。不用问，这就是到了黑茶山的地界了。是不是？心说不用问，可嘴上还是问了。建龙兄弟说，正是。

汽车开进黑茶山国有林管理局院内，局长李建平携局属一班人专程等候在那里。知道您时间紧，我们就提前做好了准备。李局长边握手边微笑边说。瞧这工作作风，昨天下午通的电话，连夜全布置就绪，立竿见影。难怪来前听说黑茶山林局各方面工作都很优秀，我信了，有这么务实的领导班子，想不优秀都难。

好的，李局长，谢谢您的理解和支持。

闲言少叙，我立刻掏出本笔准备记录。按照昨天说好的程序，下午我到来后的第一件事就是采访李局长，听李局长介绍黑茶山林局概况、简要的历史沿革、现在的工作重点、取得的成绩、存在的问题以及今后的任务目标等。

采访中，我深深地感觉到，李局长对于中央和省里关于生态林业发展建设方针、政策、精神，深存于胸，了如指掌。黑茶山林局应该怎么做、做什么，目标明确，措施得当，形式新颖，灵活多样。

李局长讲得最多的就是合作造林和购买式造林问题。

以合作造林和购买式造林为载体、大力推进生态扶贫是黑茶山林局首创,也是我国生态建设领域近几年出现的又一大亮点。

李局长说,这两种形式的出现,改变了过去的过程造林为结果造林。也就是说,在造林机制上变过去"过程管理"为"结果购买";在组织管理上由黑茶山林局统一规划设计,林场具体落实,职工或林农自主造林,3年后按标准收购;在树种选择上坚持以营造景观生态林为目标,增加乡土阔叶、景观树种的混交比例,要求阔叶、景观树种的混交比例不低于30%;在技术应用上总结推广了缓坡鱼鳞坑整地、平地穴状整地、陡坡水平阶整地,高标准容器苗脱袋栽植,容器袋、灌草、石片覆盖穴面等为主的"3+1+3"抗旱造林实用技术;在科学实践上进行了不同立地条件下整地与不整地、反渗透地膜与不可渗地膜、地膜全覆盖与半覆盖等多项对比试验,进行了定量分析,建立了一套吕梁山生态脆弱区工程造林的技术支撑示范体系。

李局长说,合作项目双方成为互相依赖的朋友,权力下放,交给对方,全员参与,互惠互利,当地农民出地,树随地走,30年不变。单位花钱买绿,林局出技术,负责培训,帮助管理,成林后所有权归合作社,我们所实施的是生态扶贫,要的是生态效益。自从我们与岚县政府签订《合作造林、合作管护、合作建站建场、合作建立森林消防专业队5年规划》以来,群众热情高涨,造林形势热火朝天。先后成立了140多个合作社,仅3年时间就合作造林6万亩,购买式造林8万亩,参加造林职工达1300人次,职工人均增收3000元。

李局长最后说,作为省直国有林局,我们应该勇于担当,为建设美丽中国、绿色山西贡献自己的力量。到2020年,争取完成新造林面积50万亩,有林地面积力争达到120万亩,森林蓄积量增加到564.6万立方米,森林覆盖率达到56.1%。不仅如此,还要完成划定保护永久性公益林面积150万亩，林业产业总收入力争达到7500万元，职工年工资收入达到8万元，基本实现"小康、美丽、幸福、文明"新黑茶山林局建设目标。

采访结束，我们的第一站直奔昌宏扶贫攻坚造林专业合作社，听刘昌宏理事长为我们现场讲解合作社与黑茶山林局合作造林的故事。

走在路边，抬头向山上望去，绿油油的植被已经郁闭成林。我们走上山坡，近距离地观察到，在合作造林地里，5年生落叶松亭亭玉立、精神抖擞，高傲地生长在稀疏的林草灌木之间。

刘昌宏介绍说，这是我们高标准容器苗脱袋造林项目，效果非常好，苗木的成活率和保存率都在95%以上。

我们蹲下来，同行的建龙兄弟拂去树穴上的一层沙土，露出一层平展展的石头，底下压着一个黑色的塑料营养杯。建龙兄弟说，刚才李局长讲的那个"3＋1＋3"的抗旱造林实用技术，是十几年前我在普明苗圃当党支部书记时，与同事们在造林现场发明的一项保墒、保苗、环保措施，后来被广泛应用到造林中了。

建龙兄弟掀开一块石头，我发现树穴里的土含水量确实很高。建龙兄弟说，这是由于有石块挡着，太阳光不能直射穴坑里的土壤吸走水分，再加上周边有自然灌草遮荫，保墒效果特别好，既提高了栽植苗木的成活率，也保护了树穴里的表土不被风干刮走。而关于为什么把营养杯也放入树穴之中埋起来，主要考虑到一个环保和保苗的问题。其实，塑料很难降解，以前栽完树后，漫山遍野全是塑料杯，风一吹哗啦啦山响，有时就挂到了新植的树苗上，摇动树苗使之苗干与穴土间产生缝隙，苗木很快因风干缺水而枯死。这才发现，原来空营养杯对苗木还有这么大的破坏作用。现在好了，永远被埋在树穴里，消除了后顾之忧，杯里的残料还能为树苗发挥最后一点余热，等于是一举三得。

我站起身来，量了一下落叶松身高，至少两米以上。

我问，这么大的苗木，在这里长几年了？

刘昌宏告诉我，在这里长3年了。如果算上育苗期的话，这些树苗已经生长8年了。

见我不解，刘昌宏掰着手指头解释说，您看呵，育苗1年，植入营养杯1年，入圃培育3年，在这里3年，算在一起可不生长8年了吗。之所以用这么长时间培育栽植大苗，其实目的就是锻炼它的适应性，保障栽植以后的成活率和保存率。

刘昌宏和建龙兄弟人很简单，说得更简单。可是，在我看来，他们并不简单。往往，历史都是这些勇于实践的人们创造的啊！

回到合作社驻地，房间很整洁，一张圆形台面四周，十几把座椅供平时会议、研究用。琳琅满目的制度、要求，作业规范流程、标准，管护人员职责等，挂满了房间墙壁。监督台上，5位生态护林员肖像，实名张榜公布在忠诚、敬业、创优、奉献8个红色大字的下面，给人以肃然起敬的感觉。

合作社里里外外充满生机。

下午的最后一站是黑茶山林局良种繁育基地。刘新生主任带我们走进圃地，并进行了热情洋溢的讲解。

刘新生说，我们良种繁育基地的前身是普明苗圃，成立于1980年，李建龙科长等一大批基层技术骨干，曾经为良种繁育基地的发展壮大做出了巨大的贡献。

刘新生说，为了落实生产责任制，全局育苗实行圃地承包、苗木包干、商品化育苗的方式进行育苗。具体做法是：由林场提供圃地，负责技术指导，并垫支部分投资，一包二至三年。到期后承包人按规定的苗木质量和数量指标任务上交，如达不到数量和质量指标任务，承包人到外地调苗补足；超额完成指标任务，林场帮助推销，收入与承包人按比例分成。

直到 1998 年，全国性大规模天然林保护工程的实施，进一步明确了全局工作的重点，把天然林保护和植被恢复摆上了重要工作日程，实施"种苗强局"战略，先后建成了良种繁育基地，退耕还林苗圃和世行苗圃。到 2008 年，全局育苗面积已经达到了 1082 亩。

良种繁育基地的建立，规划有序，按照大苗、小苗、品种、用途的不同，分成多个苗床管理区域，放眼望去，高低错落间透出强劲的生长魅力。

我们边走边聊，来到落叶松、水杉等大苗中间。刘新生说，现在绿化用大苗市场有些疲软，我们这些大苗在满足本林局需用的同时，还有些剩余。但随着苗龄的增长、苗木的茁壮，价格也随着增长，出售只是个时间问题，不影响苗木的质量和品质。

在落叶松 3 年生苗床间，有一只野兔在那里逗留。见我们来到，野兔并不惊慌。刘新生捡起一块石片掷过去，野兔仍然没有跑掉。我试着向野兔跟前靠近，已经很近了，野兔才不慌不忙地跑去了。

这真是个奇怪的现象。以往我在野外，曾多次遇到过野兔，从来都是刚见个影儿就飞也似的跑掉了。野兔居然不怕人，我还是第一次见到。刘新生说，基地苗圃地里经常有野生动物光顾，大部分都不怕人，这可能与我们的职工爱护野生动物的传统有很大关系。

眼前的苗圃地平展开阔，青翠的苗木间一棵杂草也没有。在圃地一隅，有块小菜园，里面种着黄瓜、西葫芦、豆角、茄子等蔬菜，还有两棵葡萄树。几个工人正在园里给菜浇水。刘新生说，这个小菜园可以临时解决一下我们职工的吃菜问题。

然而，我们走进一个大棚，却发现里面并没有几株苗木。刘新生说，这是去年盖的反季节白蜡育苗实验大棚，一共盖了两个，都失败了。经过这一年多的经验总结，查找原因，反复研究，反复实验，准备在今年 7 月份再次种植，估计能成功。我笑着问，有几成把握？刘新生坚定地回答，有9成吧。刘新生说他们经常搞这样的实验，林局及周边地区所用的几十种良种壮苗，基本上都是他们这样反反复复实验搞出来的。一个良种壮苗的广泛应用，没有三五年甚至十来年的时间是成不了的。

从刘新生黑亮的眼神中，我看到了黑茶山良种繁育基地人不服输的精神和满满的自信。

明天还有两个林场要去，一个是马坊林场，另一个是南阳山林场。对此，夜里我便做好了充分的准备。

第二天早晨，朝阳穿过云层，落洗着马坊林场和南阳山林场翠绿的山林。清风徐来，花香草茂，鸟儿啁啾，一派生机勃勃的繁盛景象。

南阳山林场建场较早，它的前身是方山县林区办事处，有着丰富的森林经营经验，2009年一分为二，分出来一个马坊林场。

我们首先来到马坊林场，一个外形酷似美国前总统奥巴马的人，将我们领进林场苗圃地。建龙兄弟介绍说，此人名叫吴挨旺，现任马坊林场场长，是一个不善言辞、不苟言笑，但求真务实、有内秀的好场长。

吴挨旺说，合作造林、购买式造林、生态扶贫是黑茶山林局近几年来重点主抓的造林项目。我场从2016年以来，每年都通过合作造林、购买式造林，完成造林任务1万多亩，并做到早联姻、早规划、早设计、早准备、早施工，要求春季造林季节就要完成全年任务量的80%以上，成活率和保存率要求超过98%。全场上下齐动员，积极配合老乡车拉肩扛，把近百万株苗木高标准栽到宜林荒山上，实现了规模与质量并重、增收与增量并举、生态与民生共赢的目标。许多老百姓靠造林劳动摆脱了贫困，心里舒坦；我们靠合作、购买完成了造林任务，心里更舒坦。

我们来到一大片畦埂整齐划一的五角枫苗木地边。吴挨旺说，这是春季播的种。苗木长得非常喜人，又粗又壮，叶片在微风中抖动，像是欢迎我们的到来。

此片苗圃地里不仅育有五角枫，环顾四周，发现还育有油松、落叶松、樟子松、云杉、侧柏、榆叶梅和紫叶李等。吴挨旺说，他们培育的苗木，除了每年自用和其他林场调用外，有一部分推入市场，另一部分留圃备用，以解不时之需。他们除了培育造林绿化苗，还培育比较稀有的沙地用苗，如柠条、苜蓿、构树等。

吴挨旺说，其实合作也好、购买也好、生态扶贫也好，说白了也是一个逐步探索的过程。每年林场周边群众到我苗圃来做工,我除了付给他们足够的工钱以外,还请专家为他们讲课,义务培训技术工。

说着话,一位老伯边拔畦边的杂草,边路过我们身边。我叫住他,问他一些情况。老伯对我说,他家有十几亩黄土地,种庄稼每年也收入不了几个钱,林场为我们找到了生活出路。我在吴场长这里已经干了七八年了,每年都能挣上1万多元,家里的地也不耽误耕种……

南阳山林场距离马坊林场很近,不上十几分钟,我们的汽车就停在了南阳山林场场部门前。场长郭怀珍热情地接待了我们,并领我们到他的山林里转了转。

南阳山林场海拔高度为2830米,地处黑茶山林局西南面,吕梁山脉中段,南与关帝山为邻。

郭怀珍说,南阳山林区属于温带型高寒气候,境内有3条季节性河流汇入北川河流入黄河,林地土质以花岗岩和片麻岩间石英石上覆盖的褐色土和棕色土为主,间有部分沙质土,总面积为20.6万亩,有林地面积为13.4万亩,活立木蓄积量为112万立方米。林内优势乔木层树种有油松、山杨、云杉、辽东栎、白桦和红桦等;林内优势灌木层树种有沙棘、刺玫、绣线菊、虎榛子、山桃、野山楂、鬼见愁等;林内优势草本层植物有苔草、尖草、蒿草、唐松草、山棉花等。除此,林内还生长着许多中草药材和野山菌,如黄芪、甘草、猪苓、党参、羊肚菌、牛肝菌、松顶土菌、杨顶土菌、银盘菌以及木耳、猴头蘑等。

说起他的林子来,郭怀珍饶有兴致、滔滔不绝,林子里都有些什么如数家珍。

郭怀珍最后说,南阳山林场一直以造林、抚育和多种经营为主,是黑茶山林局最早成立也是最大的一个林场,人员多、经营面积大,以前承受着采伐任务重的压力。天保停伐以来，以保护森林资源、打击偷砍滥伐、造林营林为主。近几年也融入到了合作造林，购买式造林、营林的行列，积极发展大苗移栽，全力以赴生态扶贫，周边群众、农民合作者业已成为林场一支朝气蓬勃的新生力量。

我们走下山谷，发现一支溪流唱着歌，欢快地流下山去。在它以往旺水期冲击出的浅滩上，我们发现了大量的金沙状的金属物质，迎着太阳熠熠闪光。郭怀珍说，这就是石英石的碎片，里面有许多银的成分也未可知。

我们拐上山坡，一大片落叶松纯林吸引了我。进入其间，顿感微风送爽，深呼吸，又有几许松香、几多清凉。看树高，平均几十米开外；看粗细，平均胸径都在30公分左右。郭怀珍说，这是一片落叶松纯林，几十年前营造的，现在，我们正在试图把它改造成针阔叶混交林。

我低头发现，林地间多出了许多用树枝覆盖着的坑穴。郭怀珍说，这就是新近栽植的改造纯林的阔叶树。为什么用树枝覆盖起来了呢？我不解地问。郭怀珍说，一是为了保墒，二是防止牛羊啃吃、践踏、破坏。

牛羊啃吃、践踏、破坏？！这可是件新鲜事。如此历史悠久、规模宏大的老林场，怎么到现在还没有解决林牧矛盾的问题呢？说到这儿，郭怀珍叹了口气，说，不好解决呀！你看啊，林地离老百姓这么近，改革开放以后国家鼓励农民发展畜牧业，宜林荒山上黄沙一片，又没有多少草，叫他们上哪儿放牧去呀？而且林场周边的老百姓都不富裕，圈养牲畜养不起，种田又出不了几个钱，难啊！我曾经设想过，在林子里养上一群狼，或许能减轻点牛羊对山林的危害。可是后来一想，狼那东西是食肉性动物，泛滥成灾后会威胁到社会的安定和群众的生命啊，当笑谈似的说说也就罢了。现在好了，合作造林、购买式造林、生态扶贫，涉及家家户户的既得利益和长远利益，老百姓跟我们构成了命运共同体，一损俱损一荣俱荣，牛羊进林子毁坏林木的事情少多了。我越来越发现老百姓生态文明意识在不断提高，个人素质也越来越好，甚至有些人长年在我们林场工作，把山林当成了他们自己的家园。

好现象！我不禁赞叹道。办法总是人想出来的嘛，只要开动脑筋，就没有解决不了的矛盾和困难。

对！正是由于林场和周边群众建立的这种和睦的邻里关系，每到森林防火期间，群众都积极参与森林防火宣传，主动承担山林巡护任务，耐心劝阻带火进山者留下火源，争先恐后为森林安全做贡献。近年来，南阳山林场没有发生过火灾，不能不说是林场周边的老百姓帮我们做了很多工作的结果。我在许多公开场合奖励和表扬过他们，并号召全社会向他们学习，为他们点赞。

到这里，黑茶山访绿行将结束。此刻，站在南阳山上回首黑茶山，顿生许多感慨。如果说70年前的"四八"事件是黑茶山在一瞬间为我们留下的一座精神丰碑，那么现在，黑茶山林局用40年时间为我们树立了一个艰苦创业的样板，闯出了一条生态扶贫新路，为绿色新山西更加美好、美丽中国更加美丽，做出了巨大贡献。他们的经验，将激励更多的林业人，在生态建设的路上奋勇向前！

作者简介

冷杉，现为《生态文化》杂志编辑部主任，《绿叶》杂志责任编辑，中国林业生态作家协会理事，中国乡土艺术协会文学专业委员会理事。发表文学作品300余万字。著有《儿时的记忆》《大森林里的孩子们》《黑花点儿传奇》《在科尔沁沙地里》《树海人生》等著作9部。有多篇作品获得全国各类文学奖。

五台山的林海情缘

◇ 杨奕萍

> 绣线菊开遍野踪,
> 君前落落欲何从。
> 绽红不惧炎炎日,
> 岂共秋唧月下逢。

在五台山的每一个林场,只要在向阳处,抬眼就能看到绣线菊,或山崖上,或山沟旁。两边的绣线菊,沿着沟坡,一路星星点点,连成一片又一片,弥漫在山野,一眼望不到边际,小小的白色花朵汇成了花的海,氤氲出白色的云烟,袅袅升腾在绿野之间。

绣线菊属于蔷薇科,整个花型像是绣球花,从单朵来看又像梨花。花色以白色为主,花期比较长,那一个个待放的花苞,如同镶嵌在绿叶中的珍珠。

因了绣线菊的花语是祈福、努力,因了

绣线菊的花球紧紧抱成团,因了绣线菊点缀出来的山野之美,令我不由想起五台山国有林管理局(以下简称"五台林局")的口号:一家人,一条心,一股劲,一起吃苦干活,共同过上好日子,让五台林局美起来!

走进历史,细数五台山的林木变迁

"山云吞吐翠微中,淡绿深青一万重,此景只应天上有,岂知身在妙高峰"。金代诗人元好问65岁高龄时登临五台山,只见山顶朝霞掩映,银装素裹;山间绿树成荫,生机勃勃,正是一派人神向往的清凉世界,遂有感而发如此绝句。

历史上的五台山,一度呈现出静谷幽林、瑞草争芳、鸣泉历历、万壑奔飞的优美景观,并且有着良好的生态环境,仅清光绪续修的《五台县志》物产篇中,记述木属就有松、柏、桑、蔡、椿、槐、榆、桐、杨、楸、柳、桦、杆、椴、柴、黄等树种。

明万历年间兵部侍郎高文荐曾云:"当时(汉明帝),五百里内,林木茂密,虎豹纵横,五峰无路,人迹罕通",至齐周时仍是"深林幽谷"。直到东汉末时,五台山仍为未开发的原始森林。

元好问还在《台山杂咏》中写到"松海露灵鳌",明朝进士孙传庭登五台山吟咏"树起不见山",明代高僧洪思行五台山则写下"飘笠经行万壑松"等,足见当时森林树木之多。

到了明清时期,五台山自然环境遭受了严重破坏。万历年间,乱砍滥伐之风达到最高潮,五台山到处是"伐木丁丁"之声;皇家和奸商大肆滥伐,山林被"除数砍伐殆尽,所存百之一耳",成了"万阜童童"景象。万历八年(1580),巡抚高文荐奏请"禁伐",奉帝命"严加禁革",当时五台山的众僧也帮忙查缉盗伐运木之罪帮。在朝廷支持和众僧协助下,很快"砍伐乃寝",使五台、繁峙县一带深山的残林得到保存和抚育。

《中国实业志》记载，民国以来，政府提倡造林。1933年，五台机关、村民共栽树96986株，其中在汽车路上栽种3284株。抗日战争时期，由于日军在其统治区频繁架设电线勒索电杆，对其抗日根据地推行"三光"政策，对森林树木摧残严重。8年中被抢劫毁坏森林达两万多亩。

另据《中国实业志》记载：五台山有公有成片林1667亩，距县城15里，树种为杨柳树。在战争年代，人民无心植树，甚至因烧柴烧炭困难，自砍作燃料者不少。于1949年统计，全县仅留成片林43500亩，零星树15万株。

新中国成立以来，国家颁布了有关政策，全民动员，开始恢复森林。但由于五台山地区经济落后，在林业上的投资非常有限。十一届三中全会以来，五台山林业发展很快，但因基数太低，情况仍不容乐观。森林被破坏的原因主要在于自然和人为两大因素：自然的连年旱灾、西北风沙入侵、洪涝灾害；人为的大兴土木、毁林拓田、伐薪烧炭、战乱等。

1947年12月，晋察冀边区行政委员会，为使解放区的林牧业生产得到恢复和发展，以适应解放战争和土地改革运动形势的要求，将原设在张家口的晋察冀边区牧场及苗圃两个单位，先后迁往山西繁峙茶坊和东山底村，成立了北岳区林牧场。北岳区林牧场的建立，标志着五台山林区的新生。

从1949年9月到1953年1月，从繁峙县齐城村到繁峙县砂河镇，从山西省五台山林牧局到山西省五台山林区，时间经历了3年，地址变换了4次，名称改动了4次，可谓起步艰难。

1956年9月，山西省五台山林区更名为"山西省五台山林业局"。原有的管理区同时更名为森林经营所，即繁峙一所、繁峙二所、五台所、代县所、定襄所、阳曲所、恒山所、阳高所、草垛山所等9个单位。这一时期，是新中国成立以来山西省五台山林区管辖范围最大、基层单位最多的时期。

"一五"期间,林业生产建设走上了按计划大规模稳步推进的新阶段,林业的主要任务由"保护为主,发展为辅"转移到"以造林、育林和经营森林为重点"的轨道上。这一时期,通过严格管护和封山育林,森林面积已由解放初期的10万亩扩大到15.09万亩,其中国有林12.82万亩,村有(集体)林和个人私有林2.27万亩。

一身中山装、胸前佩戴党徽,今年86岁的五台山国有林管理局退休职工刘广兴老人依然保持着20世纪五六十年代的着装习惯。"我从1963年来到林局,一辈子在这里工作,先在雁北地区林业局,后面来到雁门关林场,再后来到五台林局机关,可以说走遍了五台山的山山水水,党让去哪儿我就到哪儿!"

难能可贵，刘广兴老人年岁虽高，记忆力却非常好，我想这源于他对这片土地的热爱，源于他对这份工作的热爱。他说："我在雁门关林场担任党支部书记和场长的时候，正赶上国内连续三年遭受严重自然灾害。在造林季节我四十多天没有离开过工地，同参加造林的群众和林场干部职工同吃、同住、同劳动，吃冷饭，喝凉水。在完成造林、育苗任务的同时，我带领全场干部职工开展以粮食为主的多种经营，大搞开荒种粮、种菜、种油料，发动大家上山找野菜，下川挖苦菜，上树摘树叶，吃山药、蔓子、荞麦秸等代食品。那时候每年生产粮食一万多斤，最多达到两万七千斤，除了满足本场职工吃粮，还能支援局机关干部职工补助粮，做到了林粮双丰收……造下的林子已是成林顶天立地，幼林铺天盖地，不仅巩固了职工队伍，减轻了国家负担，还促进了林业发展……"

在他的讲述中，我们对五台林局的林业发展有了一个更深的了解。

从1981年开始，五台林局对次生林抚育、次生林改造、中幼林抚育等所涉木材生产实行了限额采伐和"采伐证"制度，对木材销售实行了"准运证"管理。

20世纪90年代初，五台林局坚持"养人、盈利、发展"的理念，开展了不少产业项目，为林局发展、职工就业增收发挥了一定作用，由于体制、机制、资金、市场等诸多原因，先后关停并转。

实施天保工程以来，五台林局坚持把资源保护与生态建设、产业发展相结合，大力发展林业产业，着力推进产业转型，形成了苗经济、菌经济、水经济、景经济、林经济五大板块，开创了保护发展利用并重、生态经济文化共赢的良好局面。

2001年至2009年，属于规模造林时期。2001年国家开始实施大规模的生态工程建设，2006年山西省启动实施的省级六大造林绿化工程，2008年实施的山西省级煤炭资金造林项目工程，这三大工程构成了山西省林业建设的主体框架，也成了维持林区生存与发展的重要支撑。

2010年至2019年这十年间，五台林局累计完成人工造林59.06万亩，完成小流域治理10.35万亩；完成封山育林28.1万亩，完成中幼林抚育60.57万亩。

时至今日，五台山四面环山，气候温良，绿树环抱，很适合静修、参禅、讲道，加上气雾弥漫，确有"圣区"风范，正如宽滩林场李阿涛的诗歌《林业人》中的诗句：

> 柔软的脚底
> 打磨棱角的山石
> 滚动着年轮
> 丈量，幽远和深长
>
> 曼妙的月色
> 脱下青白的衣裳
> 风笛浅吟的山林上
> 掠过，流年和疏影
>
> 打坐的清莲，敲响
> 佛灯下的钟鼓声
> 借来细雨密布的网
> 罩住，吐氧的长廊
>
> 诵经的圣地
> 用灵魂布下道场

走进五台林局,森林资源保护是重中之重

佛教讲求因果。

在五台山众多僧侣的眼中,五台山国有林管理局的广大职工与佛结的正是善缘:种一棵树等于烧一炷香,护一片林等于加一份功德。而这样一份功德,在五台山国有林管理局局长吴强看来,更是责任和担当——一定要守护发展好五台山珍贵的国有森林资源。

当前五台林局林地总面积223万亩,主要分布在五台山周边。其中有林地88.28万亩,灌木林地50.35万亩,疏林地7.84万亩,未成林造林地37.63万亩,宜林荒山及其他28.65万亩,活立木总蓄积457万立方米。主要树种有落叶松、云杉、油松、桦树、杨树等,还有少量臭冷杉,是我国分布最南端的珍稀树种。灌木有山柳、沙棘、黄刺玫、虎榛子等。草本植物以蒿草及苔草属禾本科草类为主。

以造林培育型为主,2001年国家开始实施大规模生态工程建设以来,五台林局累计造林104.08万亩,现有人工林62.96万亩,大部分为华北落叶松,占到五台林局森林面积的50%以上。

五台林局下设11个国有林场(包括伯强、庄旺、宽滩、金岗库、门限石、豆村、茹村、紫荆山、枣林、雁门关、平型关中心林场)、两个副处级代管单位(山西省五台山树木园、山西臭冷杉省级自然保护区管理局)、一个林局和森林公安局双重管理单位(山西省森林公安局五台山分局)以及山西省林业有害生物防治检疫局五台山分局、设计队、消防队、资产管理中心四个业务保障单位。

走进平型关中心林场办公室,迎面可以看见四张大图:平型关中心林场新造林及未成林地持续管护防控图、平型关中心林场2018—2022年造林工程规划图、平型关中心林场易发非法占用林地防控图、平型关中心林场森林防火布防图。

同行的五台山国有林管理局副局长张振飞告诉我："在我们下设的每个林场办公室，都有这样四张大图，这是我们去年统一制作的，每张图下方都有包干区及联络人。整个管护区域，哪里存在风险，哪个是森林防火区域，哪些区域责任人是谁，一目了然，特别清晰。"

"我们建立'金网模型'，一是保证了基层一线参与管护人员的数量，让尽可能多的管护人员进山入林，守护资源安全；二是严格了责任奖惩，每个人的管护面积、管护地块相对固定，一旦发生森林火灾、乱砍滥伐等破坏森林资源的行为，可以问责到人。"张振飞进一步解释道。

五台林局地处五台山景区的核心地带，流动人口密集，人员活动频繁，林农交错，民风民俗观念陈旧，森林防火工作异常严峻。表现在五台林局不少林地处在矿产富集区，受利益驱动，非法占用林地时有发生，管理防控压力巨大；接收的煤矿矿柱林场，管理基础普遍较差，林权状况复杂、纠纷多，非法占用林地现象较多，地方关系、社情林情难以掌控；此外，落叶松鞘蛾等有害生物在五台山景区时有发生，影响景观效果，社会关注度高。

为了保证"金网模型"的有效运行，五台林局在森林管护中力求做到"三严"：严区域，加强林地管理，严控林地逆转，处理好林权纠纷；严职责，对不同层次的人员固定岗位，明确责任；严奖惩，建立奖罚分明的管理制度，管护效果与管护资金直接挂钩。建立资源核查制度，每月按照50%的抽查比例，对各林场的资源管护情况进行全面检查，检查结果是考核林场和发放管护资金的重要依据。

森林资源是全民的财富。五台山国有林管理局深知，仅仅依靠林业自身的力量，在香火旺盛、人员繁杂的五台山地区很难确保223万亩森林资源万无一失。

接下来应该怎么做？

——建立农家管护站，聘请辖区内有责任心的村民做信息托管员，依靠群众、购买服务，让更多的群众参与到森林管护中来，成为爱林护林队伍中的一员。

"林局在靠近林区的村镇建立了 38 个农家管护站，并聘请了 360 名信息托管员。这样，一方面，依托辖区内村干部、老党员等托管员，发挥其离林子最近、发现情况最早、对林情最熟悉、处置最及时的特点，可以第一时间了解林子情况；另一方面，解决了长期以来林场与地方群众关系紧张的问题，管护队员巡山护林，可以在农家管护站歇歇脚，有口热水喝，有口热饭吃。"张振飞说。

正是有了这些管护,让森林,可以默默清新着人类生存的大地;正是有了这重保障,让森林,可以快活推送着四季更迭的画面。

在五台林局,管护员与森林的故事无不让人动容。如平型关林场招柏管护站的护林员、省劳模马金娃,自1986年从事林业工作以来,至今已33个年头。33年来,他风雨无阻,默默无闻地在大山里背着干粮栽树、修枝,肩挎着水壶巡山、护林,驾着三轮车扶贫、助农,把自己的脚印留在他深爱着的每一寸林地里,参与营造、管护森林2.5万亩。

如大东沟管护站的孟眉全,自1989年从事林业工作以来,至今已30个年头。为了管护好辖区内的6500多亩森林资源,他以站为家,常年驻站管护,一年来巡山天数达到240多天,胶鞋不知穿坏了多少双,裤子不知磨破了多少条。巡山途中饿了他就吃点带的干粮,累了就在山里休息一会。管护的辖区内已经连续十几年无毁林案件事发、无森林火灾和其他侵害资源事件发生。

正是这样通过专业管护站点值守、专业管护队伍巡护与遍布林区的农家管护站和信息托管员,在五台林局编织起一张森林管护的大网,守护着五台山的林海安全,使林区生态环境得到明显改善,让树更绿,让水更清,让我们的家园更美好。

走进荒山,进行合作造林的有益探索

去往石塘沟造林路上,108国道繁峙县段正在进行公路改造工程,迎面而来的是迷了眼的工地扬尘,道路更是坑坑洼洼,颠簸不平。

"一会儿上山,你可以看到榆树、桦树、油松等,这些造林的苗木都是我们林场苗圃自己培育的,以前还需要从外面买造林的苗木,现在我们的苗木已经不用外购了。"张振飞向我介绍着。

庄旺林场场长韩跃峰开着皮卡,穿过石塘沟村,带着我们在山道上行驶,一路向上,最后将车停在造林的山坡上。

一株高 20 厘米左右的油松出现在我们的眼前，旁边有些灌木，再过去一些又是一株小油松，并不是想象中一排排的小树苗。

韩跃峰说，荒山上主要以抗干旱能力强的樟子松和油松作为主要栽植树种，苗龄在三四年之间，苗木高度控制在 20 厘米至 30 厘米，栽种的范围大概是一亩 70 株。

荒山造林需要乔木灌木、针叶阔叶混交，在栽植油松等造林常用树种的同时，选择落叶松、桦树、榆树、山桃等乡土树种作为主栽树种，同时还栽植了一些花灌木，这样不仅会使林地生态系统稳定、景观效果显著，对于病虫害防治和林木防火也会起到积极作用。

"从今年春季开始，我们的造林苗木彻底告别外购历史。2017 年春季培育的榆树、桦树、油松营养钵苗木以及 2017 年秋季培育的山桃营养钵苗木、落叶松切根换床苗，已经大量地用于 2018 年度造林、补植。库存的苗木，不仅可以满足供应 2019 年造林之所需，而且可以满足过去年度急需补植地块的苗木供应，2019 年新育苗任务所需的裸根苗（除樟子松、云杉外）也不再需要从外部购买，良性的自我循环闭合圈已经形成。"张振飞自豪地说。

造林是林业建设的主要环节，是增加森林资源、提高森林覆盖率的重要手段。但造林投资低、造林地少是目前制约国有林区造林工程的重要因素。如何解决难题，五台山国有林管理局进行了积极探索，实施了与地方政府股份制合作造林形式，并且取得了较好效果。

2001 年至 2009 年，随着造林任务的逐年加大，宜林地购买出现严重的困难，五台林局开始由买地造林逐步转向合作造林。工程围绕"一环（环五台山）、一线（砂台线）、两关（平型关与雁门关）、四河（滹沱河、清水河、桑干河、唐河）"进行布局。

2012 年，林局与山西省大同市灵丘县政府合作，在灵丘县白崖台乡实施了冉庄流域综合治理工程，工程规划面积 5 万亩，当年实施 1 万亩。工程采取"地方供地、林局投资、林局实施、联合管护、共同受益"合作机制,由保护区、上寨、伯强、庄旺四个林场共同实施。工程建设中,实施单位采取了50厘米至100厘米营养钵苗木造林,地膜、石块、杂草覆盖,小背轮浇灌,水袋漏渗四项技术措施,当年造林成活率达到90%以上,实现了常规造林向规模化、精品化造林的转变。时任山西省政府副省长郭迎光视察了这一工程,给予了高度评价。同时这一工程的圆满实施,也为林局大规模开展局地合作造林积累了宝贵经验。

2013年,五台林局又与繁峙县政府合作,在繁峙县砂河镇实施了砂河北山股份合作造林工程。该工程规划面积10万亩,当年实施1万亩。工程采取了"地方供地、林局实施、合作管护、约定分成"合作机制。工程总投资1175万元,林局投资375万元,繁峙县投资800万元。由于这一工程当年投资、当年建设、当年成景、当年见效,实现了增绿与增景、增效的完美结合,得到繁峙县委、政府和砂河镇老百姓的高度认可。

以上合作造林的成功,不仅增加了区域绿量,提升了国有林局的美誉度,更为山西省直林区解决造林地难找、工程投资不足探索了一条新路。

303亩树木引种驯化功能区,坐落在五台山树木园内,同合作造林一样,进入到我好奇的视野中。

树木引种驯化功能区是建立在五台山树木园内的一座小山,海拔1600—1700米。我们沿着山道往上走,有树遮蔽,没有道的痕迹,灌木浓密,荆棘丛生,需要不时地拨开树枝开路登山。沿途可见褐色的山土,各种高低错落、粗细参差的树木及烂漫山花。

树木园主任韩进斌告诉我,树木园是华北地区高寒山区树木引种驯化基地,主要功能任务是开展珍惜树木的科研和引种驯化,研究山西省植物种群在五台山的适应和分布,并进行五台山亚高山草甸植物种群的研究与保护。园内栽植针阔叶树木180余种,具有代表性的有迎红杜鹃、臭冷杉等珍稀树种。

走完这座小山，我们花了近两小时。树木园科研技术科科长赵建儒说："我们部门的员工几乎天天都要上山采集标本，无论春夏秋冬。树木园标本馆里珍藏的220种树木标本，基本上都是我们自己采集的，然后按属性科别规范归类，将叶、花、果、根完整地做成标本。有时候采集同一种植物，也得因时而动，开花的季节要去采集，果实成熟的季节也要采集，这样标本才会比较完整。"

在树木园的标本馆，我们看到陈列展示的220余种五台山地区的树木标本，展示了华北地区丰富的植物资源，体现了北方地区物种的多样性，为研究华北高海拔地区植物的地理分布、植物迁移、生长变异、物种分类提供了直观的标本资料。

2017年，树木园被山西省科技厅认定为"山西省科普基地"，同年完成彩叶海棠、珍珠梅、金叶复叶槭等树种在高寒地区的示范栽植；2018年春季，又引进柽柳、嫩刺芽、五味子等10余个树种进行栽植试验。

"接下来，不仅是树木园，包括我们各个林场，我们正在进行《五台林局植物志》的编写，将集全局之力对各种乡土植物进行采集，制成标本，让五台山植物多样性科学研究内涵更加丰富。"吴强自信地说。

正是这样不断地探索，让五台林局奔涌出活力四射的魅力；正是这样不断地实践，让五台林局呈现出波澜壮阔的前景。

走进新时代，守望绿色是不解的情缘

郁郁葱葱、层层叠叠的山林资源，是大自然赠予我们的一大瑰宝。

来到金岗库林场南梁沟森林康养基地，只见南梁沟，既是草的世界，又是花的海洋。《清凉山志》称："山峰耸峙，烟光凝翠，细花杂草，千峦弥布，犹铺锦然。"

曾经社科院的科学家在这里作过抽样调查,发现1平方米的草地上竟有花草品种30余种。南梁沟境内野生杂草共计470多种,其中90%以上是优质牧草。常见的有蒿子、茅草、地榆、绣线菊等。

南梁沟开花植物共有200多种。比较著名的有金莲花、零苓香、佛钵花、梦灯花、山桃花、迎红杜鹃、野丁香、鸡足等。由于气候因素,这里的开花植物一般开花迟、花期长、色泽艳、香气浓。更令人感到神奇的是,这些植物竟有一半以上是名贵药材。

在南梁沟行走,触目都是高大的油松、白桦等高耸入云的大树。突然发现白桦旁边有一棵红色的树,金岗库林场常务副场长韩小林告诉我那是红桦树。这是我第一次看到红桦树。捡拾起红桦树干上脱落的树皮,只见树皮薄如纸,细腻柔润,正面火红,背面却有着白色的纹理,极适合书写。或许因为红桦树皮一度被用于写情书,憧憬祈求美好的爱情,红桦树又被称为"爱情树"。

茂密的森林、广阔的草地,为各类动物提供了良好的生存环境和栖息之地。据统计,生存在这里的兽类动物有40多种,鸟类140多种,各类昆虫不计其数。

韩小林手里拿着一个小型无人机,准备航拍一些南梁沟的风景视频。

说起无人机,原本言语较少的韩小林充满了神采。源于五台林局不仅在林业发展中积极探索,还一直重视科技的创新和应用,2017年五台林局派韩小林和另一位林区员工两人去郑州参加无人机培训,他们刻苦学习了两个多月,以优异的成绩顺利考取了无人机驾照。

"参加无人机培训的都是来自全国各个系统的工作人员,作为单位公费送我们去学习无人机,是一个特别难得的机会。无人机课程比较多,几乎每天晚上我们都要学到深夜一两点,当时就想好好学，好好考，回来能把无人机用于林区工作中。"韩小林笑着回忆道。

韩小林说，曾经在罂粟开花时节，非法种植毒品的原植物区域多为偏远山区、高原林区的山头，隐蔽性极高，很难被发现。

他参与过一次禁毒活动，在林区辖区内的高山上，根据举报无法判断出具体位置的经度纬度，需要爬上山顶进行大面积核查。幸好利用无人机灵巧、高清、监测范围广的优势，通过遥感控制无人机对人工探查难以到达的荒僻地段进行重点巡查，对种植毒品原植物的地块进行航拍，寻找和发现毒品原植物的种植情况，不仅省时省力，而且巡查更全面，更精确。

"当然，还有造林验收核查面积大、株数精度要求高、时间紧迫时，或者我们想知道造林的效果如何、是否需要重新抚育时，都可以通过无人机对造林地进行航测、正射影像生产、造林验收因子判读、现地核实与补充调查等。这样可以大大降低山区复杂地形条件下造林核查工作的劳动强度，提高整体工作效率和精度。"韩小林解释道。

无人机在南梁沟上空尽情地飞翔，传回的视频里，峰岭云集，沟谷纵横，巍中含俏，壮里藏幽，奇磐怪石，苍然独秀，处处彰显着名山圣地特有的神气、灵气与仙气，那苍翠，那秀丽，那无处不在的盎然，像一处绝美的"世外桃花源"。

无人机的飞翔，划破了山的寂寞，好似一望无际的水面飘过一片风帆，好似辽阔无边的天空掠过一只飞雁。

感觉这山的魂魄是绿色的，绿色，是生命、是自然、是希望、是环保……是人类共同的永恒追求。我看见，一个个造林的身影；我看见，一个个守护的身影；我看见，一个个默默奉献的身影……他们于青山绿水间，托起绿色的梦想，架构绿色的时空，创造绿色的天地，坚守自己与五台山林海的绿色情缘。

当然，绿色是不够准确的，还有层层叠叠的青，是生命原始的土壤；还有默默流淌的红，是生命滚烫的热血。而绿色，朴素而沉静的绿，是生命行进的风帆与旗帜！

作者简介

杨奕萍，资深媒体人，发表新闻报道作品逾百万字，《四知》杂志创刊者之一，文学作品散见于《中国报告文学》《中国文化报》《诗探索》《诗歌月刊》《争鸣》等报刊，曾创作电影剧本《女院长》《体温》等。

太行山林区笔记

◇ 李青松

金钱豹

施耐庵为何把林冲唤作豹子头呢?因为他是东京八十万禁军教头吗,还是另有原因。不得而知。

在太行山林区,没法不谈论豹子。

豹子头,小而圆,耳短,耳背黑色,耳尖黄色,基部也是黄色,并有稀疏的小黑点。背部的图案,就像古代的铜钱,故名金钱豹。

在古代,金钱豹也被唤作"程"。程就是节制、克制的意思。古诗中有"饿狼食不足,饿豹食有余"的句子,说的就是豹子有节制,不贪食的属性。即便在食物充足的情况下,豹子也只吃七分饱,避免自己因饱食而昏迷倦慵,从而保持舒展的体形和迅疾的奔跑速度。

金钱豹是所有野生动物中奔跑速度最快

的——每小时可达 120 公里。豹尾刚劲灵活,是捕猎时的武器,也是奔跑时的转向舵和控制器,从而平衡身体,不至于因奔跑速度太快,而导致侧翻或者摔倒。

金钱豹时刻处在警觉状态,行踪极具隐蔽性,慢走时脚步轻柔,脚爪像树叶在地上摩挲。它常在交叉的路口兜圈子,布下迷阵,让追踪者不知它的去向。

金钱豹造型的珠宝摆件,也被珠宝界所推崇。因为金钱豹既是力量的化身,也是财富的象征。北京朝阳区大屯附近有一地名——豹房,我从所住的小区去亚运村图书城必经这里的公交站牌。后来,我翻阅古书才知晓,明代时北京确有驯养豹子的场所曰之豹房。养豹子的军士配有"豹牌"。"豹牌"正面铸有豹图,背面铸有二十七字:随驾养豹官军勇士,悬带此牌。无牌者依律论罪,借者及借与者罪同。我还无意中看到古书中一幅《狩猎出行图》——在一匹马上的骑手身后,蹲伏着一只警惕张望的豹子,似乎一有动静,它就从马上一

跃而下，雷霆出击。

画《最后的晚餐》的达·芬奇对豹子的眼睛有一段描述。他说，豹子在猎食时常用自己的美来吸引猎物，而将凛冽的目光妩媚地低垂，使对方由于喜悦而忘记被捕杀的危险。如此看来，豹皮的斑点斑纹不光是为了隐蔽，可能更是为了示美了。

世界上每一只金钱豹都有自己独特的斑点斑纹图案，就像人的指纹各不相同一样。

金钱豹的爬树本领超强，欻欻欻，攀爬大树如履平地。擒获猎物后，便叼着把猎物拖到树上，卡在树枝上，悬挂着。那棵树就成了它的食物储藏室，猎不到猎物的时候，就回来享用。

金钱豹是生态系统稳定的标志性动物。在一定程度上，它代表着生态的质量。

太行山是金钱豹的主要分布区，而太行山里的和顺县是金钱豹的核心分布区。这里的树种主要有油松、落叶松、白桦树、山桃、山杏、油瓶子、锦鸡儿等。登临山巅，极目远眺，茫茫林海无边无际。和顺，风调雨顺，万事顺遂之意。和顺真是个好地方，不旱不涝，不寒不热，年平均气温不超过7℃，无霜期一百二十天，无蚊虫滋扰，无恶风侵害。以保护金钱豹为主要对象的铁桥山自然保护区，也主要在和顺境内。和顺虽然是贫困县，但和顺人对自然却怀有敬畏之心，鲜有盗猎情况发生。

从生态学的角度来说，中国的广大地域都应该有金钱豹栖息活动，可为何独独太行山的铁桥山保护区及其和顺县的山林成了金钱豹最理想的栖息地呢？就此问题，我曾专门向山西省林草局副局长尹福建讨教。

尹福建语气缓缓地说："无非三个方面的原因吧。"我瞪大眼睛听着。他望着太行山起伏的山影，继续说道："其一，保护区有广袤的森林，方圆上百平方公里范围内少有人为活动。保护区尽职尽责，管护员巡山到位，有效清理了毁林开矿、毁林开垦现象。其二，天然林保护成效显现，生态系统稳定，狍子、野猪、山羊、野兔等野生动物日渐增多，金钱豹食物充足。其三，很重要的一条，就是这里几十年来从未发生过森林火灾，森林安宁，家园安全。"

是的，近些年，在保护区监测点，用红外线相机拍摄到的金钱豹觅食照片已经不是什么新闻了。当然，金钱豹也常常干出一些惹是生非的勾当。据保护区猫科动物专家樊德青说，金钱豹吃牛现象时有发生，每年都有十大几头小牛被金钱豹吃掉。吃人的案例倒是没发生一起。金钱豹一般不主动伤害人，通常情况下，远远就避开了。

"铁桥山保护区里有多少只金钱豹？"

樊德青说："十三只。"

我说："金钱豹的外形和斑点都差不多，怎么区别呢？"

"主要通过看斑纹来识别。"原来，动物学家区别金钱豹的方法，也是识别斑纹。

"哦！"

"我们给每只金钱豹都编了号，九只雄豹，四只雌豹。豹王的特征我们也掌握。"

"豹王有什么特征？"

"它的体形较大，重量超过150斤。耳朵上有撕裂的豁口。"

"好嘛！争夺王位时的场面一定很惨烈。"

野　猪

野猪的名声不怎么好。

这几年，太行山区的野猪多得成灾。野猪下山拱红薯拱玉米拱黄豆是常有的事。起初，在太行山林区走动时，看到与森林边缘相接的农田四周，都用红布围起来，我有些疑惑，便问："用红布把农田围起来干吗？"

太行山林管局局长武玉斌告诉我:"那是防野猪危害的,野猪对红颜色的东西敏感,轻易不敢接近。"

"哦!原来是这样。"

不过,野猪也并非一无是处。它在森林里拱食的特性,客观上为树木松土透气,改良了土壤,促进了树木的生长。太行山林区有多少野猪尚无确切数据,但保护区护林员通过红外线相机监测到的野猪活动情况每天多多。野猪的嗅觉相当好,苗圃里刚刚播下的油松种子,在有月光的晚上生生被它一垄一垄地拱出来,咯吱咯吱,咀嚼殆尽。次日清晨,及至护林员赶来时,饱食后的三只大野猪晃动着尾巴,带领着四只小野猪已经从容地消失在了山林里。

野猪面相粗鄙,极其贪吃。野猪是一种杂食性动物,吃野果吃树根草根,也吃粮食,也吃虫子。

为防野猪危害,保护区的专家们伤透了脑筋。尝试了各种各样的办法似乎都不太管用。他们还发明了一种太阳能警报器,用细线布设在农田四周,只要野猪一触碰,警报器就嗷嗷嗷地尖叫起来,吓得野猪迅速逃窜。但这一办法,也就管用 20 天。野猪适应了警报器的叫声后,照旧干坏事。

山民指着护林员的鼻子说:"你们一天到晚总讲保护野生动物,是野猪重要?还是人重要?"

"野猪重要,人也重要。"

"猪跟人一样重要,人不是成猪了吗?"

面对山民的斥责谩骂,护林员哭笑不得。

野 兔

在太行山林区,除了野猪外,另一个多得成灾的就是野兔了。大白天就能看到它们噌噌跳跃的身影。当地朋友说,白天看到的是一只,晚上就能见到一群。许多油松、柠条、山杏的幼树都被兔子啃了。它们专门啃根部和根部以上的部位，经野兔啃过的幼树就很难活了。

光是和顺县，遭野兔啃噬的幼树就不是个小数。

野兔一度令太行山林区人既喜且忧。喜的是，野兔多，说明生态正在恢复；忧的是，退耕还林的树被野兔大量啃食，会导致新的生态失衡。

不仅仅是和顺县，兔灾几乎成了中国西部的共性问题。有报道说，宁夏、内蒙古、甘肃黄河两岸及山区一带野兔泛滥，不仅对新栽的树苗和种的草带来威胁，也对田里的青苗带来极大危害。

有专家已研制出了几种药剂，涂在树根或根以上部位，用不了三天，兔子就会大批死亡。然而，这种药剂会把其它野生动物也一同毒死——这等于是解决了一个问题，又生出了另一个问题。再说，服毒后的野兔大批死亡，横尸荒野，容易产生疫情。于是，又有人提出建议，应训练一批细狗，或者引入猎隼，追捕野兔。

野兔，这个富有传奇色彩的动物，以警觉和善于逃遁苟存于自然界。黄土高原的颜色就是它的颜色。野兔的繁殖能力也是惊人的。

1859年，24只野兔被一个农民从英格兰带到澳大利亚。但谁也没有想到，这些野兔在此后竟给澳大利亚的农业带来灭顶之灾。野兔繁衍能力强，一生就是20多只，不到100年的时间，这个澳洲的"客人"数量呈几何级数增长，达到数亿只之巨。一时间，野兔的存在甚至影响了澳洲羊的生存。

某年某月某日，意大利米兰机场展开了一项围捕野兔的行动——原因是数量众多的野兔咬坏了机场电缆，并在飞机跑道下面打洞，给机场的正常运营造成严重威胁。机场被迫于早上5点到8点关闭，12趟航班延误，6趟航班重新拟定起飞时间表。在为期3小时的捕猎行动中，200名志愿者组成4公里的"人墙"，对机场内的野兔进行拉网式围捕，并把它们安置到安全的地方。超过50只野兔被捕获。据说，逃匿的野兔亦不在少数。

如今，在太行山林区新造林地里，会看到幼树树干都穿上了乳白色的"筒裤"，那是专门防止啃啮的塑料制品，用来抵挡野兔的牙齿。我问了一下价钱，一个"筒裤"大约两元钱左右。看来，野兔的牙齿无形中增加了造林的成本呢！尹福建说，其实，解决兔害最根本

的方法，不是把野兔都杀死，而是增加生物多样性，乔木灌木和草都长起来了，生物链建立起来了，豹子啊鹰啊狼啊狐狸啊也就多起来了，这样，自然就会遏制了野兔的数量，使其不再成灾。

——是呀，大自然的事情还是要靠大自然自己解决吧。

汆

在太行山林区，识得一个字——汆。估计很多人跟我一样不识这个字。怎么读呢？谁都会查字典，就不用我说怎么读了吧。那天，在太行山林管局一个林场的走廊里，墙上悬挂的一幅照片引起我的注意——照片上的画面是层层叠叠的古建筑，给人一种乡风浑厚、淳朴的感觉。细看照片说明，只有三个字：大汆村。

当地朋友胡晋燾告诉我，大汆村是建在一块巨石山上的村庄，房舍全是石头垒砌而成。远看，整个村庄群山环绕，围合封闭，松柏罩头，清泉绕村。一年四季，流水潺潺，鸟语啾啾。

村口有一棵大槐树，树干三个人合抱不拢，树龄至少500年了。其实，汆字跟山跟水都有关系。太行山人把山上流下的水叫作汆，或曰三叠瀑布。想想看，如果这里的生态糟糕的话，或许，现实中的汆早就消失了。近年，退耕还林改变了当地生态状况，山美了，水旺了。当地人清楚，生态是大汆村的根本。

生态涵养了水源，也涵养了民风。

大汆村人用自己有滋有味的幸福生活，生动诠释了绿水青山就是金山银山的道理。随着来村里的游客越来越多，大汆村，闻名遐迩了。

我没头没脑地问了一句："金钱豹光顾过大汆村吗？"

"这个——"

胡晋燾瞥了我一眼，没有回答，却笑了。

绿色的光辉

◇ 柴 然

一

要去采写的史国胜,是太岳山林局所辖伏牛山国营林场的一名专职森林管护员。2016年,他被评选为"全国绿化劳动模范"。这个劳模地位很高,它由全国绿化委员会、人力资源和社会保障部、国家林业局联合授予,一届5年时间,"旨在推动全民义务植树和国土绿化事业持久性地向前发展"。这一届全山西省只有8名个人当选,在今天,全国人民都在积极响应、贯彻落实"青山绿水就是金山银山"的生态号召,史国胜能获得如此殊荣,一定有其代表性、特殊性。

史国胜还是一个兼职写作的作家,是山西省作协的会员,著有两部反映我太行太岳老区人民抗击日寇侵略者的长篇小说《蝶变》(与人合作)、《羽化》。他的很多故事素材都是利用自己在林区各村驻扎时的空闲搜集的。他自己也说："那只能算是我的副业。"因此，关于他的这两部抗战题材的小说写作，我会在另文中进行讲述、评价。

2019年5月16日上午，抵达了他工作第一线，在沁县伏牛山国营林场老爷山管护站，采访了他。

史国胜生于1971年，望五旬的汉子了，脸上明显印有常年工作生活在林区的风霜，是黝黑又红扑扑的那种。因为是护林的劳者，乍看单薄，实则精劲健壮，行走山林，一定会"草上飞"，如履平地。

史国胜的个人履历不复杂，自高中毕业后来林场参加工作，主要就扎在这林区第一线，其中有过离开到外面打工，也是因了当时国家的整个森林政策的变化。他自青年起到现今，人生匆遽，近三十个春秋，就祖国的林业事业来说，特别是改革开放以来一系列大的变化，如从采伐等等到实行全面保护，他本人正是一个一线基层、具有大样性质的参与者、亲历者、见证者。

这些，他自己也有文字纪录。可惜搜集到的较有限。尽管如此，对于写他，还是有很大帮助。

  回顾以往，我立刻想到的是三样物件：弯把锯、斧头、丈八绳，这是当年林业工人的标配。

  弯把锯是间伐用来伐树的，有个很形象的叫法：杀树。

  斧头，是通枝用的，也就是把伐倒的树身上枝丫去掉，需要锋利。

  丈八绳是下料用的，就是把集中到橡道两边的木材捆扎起来，顺橡道拖到山脚下的料场。这也有个别名叫"下山"。

传递出一种森林气息，拉近了我们之间的距离。

二

当年在林场从事间伐,是很辛苦的。史国胜回忆这一段,则充满了林业人身上那种特殊的乐观主义精神。

如他们在山上伐树,干一上午,四五个小时,累是一方面,尤其干渴难耐,"舌头也掉不转了",补充水分,变成了第一需求。

"一下工,我们盘好绳子飞奔到阴沟里找水。那里常有水,是牛蹄浅坑聚了的山泉,浮头飘着些落叶,也有牛粪或羊粪蛋子。我们扒拉开杂物,趴下身子,一顿吮吸,那种甘甜醇美,沁人心脾,就让我们感到,生活真美好。现在想起来,喝那种水的确不卫生,可说也奇怪,当时我们中没有谁因喝了牛蹄坑水闹过肚子疼的。"

史国胜现在所在的老爷山森林管护站(原来的伏牛山木材检查站),紧靠1939年6月间被日本侵略者毁坏的龙泉神庙。

1962年,伏牛山林场始建于庙院旧址上,一度以石拱桥洞为卡检查过往的木材车辆。伏牛山林场在这老爷山神庙上一扎多年,如今搬下山去也有十大几年了。正是,伏牛山林场和她的职工,这几十年来,为这片大森林的恢复与保护,做出了巨大的贡献。

史国胜说:"我们这些林场职工,也常在这庙院里住。那时这边山上还没有通电,夜里,我们就守着几盏煤油灯,或做工作或聊闲天。"这里是他们的"首脑机关"。更多的时候,他们所住的地方,"是在工地附近的村子问房子(是问而不是赁);工地离村子远了,我们就在沟里的背风向阳处,用丈橼围起来四堵墙,顶上苫一块篷布,宿舍就建成了。"

风餐露宿,天当被窝地当床,对于他们这些伐木者,本也是家常便饭。

搞间伐,转场子待在山中,工作劳累,生活苦闷,他们就找一些特殊娱乐,来排遣寂寞。

史国胜说:"晚上下工回来,我们一伙人点上煤油灯,点上蜡烛,打扑克,下象棋,聊闲天,也有人带了装干电池的录音机放卡带,还放邓丽君呢。起初,录音机一响,把四处跑动的小松鼠吓着了,这毛圪灵灵们,都不敢露面了。后来,日子稍长,小家伙们不但习惯了我们这伙子人,这边录音机一响,它们竟放胆子跳到上面去,来和我们凑热闹。好像大家本来也就是一家子。

"它们还把我们喝的纸袋子花茶偷走。撵你是撵不住它们的。我们就和它们斗智斗勇。我们往茶叶袋子里装上沙土,屏声静气地等候它们再偷。果不其然,它们又来了,蹑手蹑脚地过去,拖了茶叶袋子就跑。孰不知那袋子过重,它们速度起不来。我们虎跃而起,将其缉拿,请君入瓮——放入一个空水缸,然后,缸沿上点一圈蜡烛,吓得小家伙在缸里上蹿下跳。

"这是对它们偷茶叶的惩戒。还得批评它们吧:'你们这小捣蛋,有水泡茶叶吗?会品茶吗?纯粹的糟蹋宝物。那东西我们得到几十里地以外的小卖部去买。'它们小脑袋举起来,眼睛瞪得大大的,好像真就听明白了,记下了。我们瞅着它微笑,用吃剩的馍块儿招待它。谁知在大家推倒水缸，希望它们重归山林时，小松鼠呢，居然不想走了。"

以上工作与生活，正能代表第一线林业工人这一时期在山中搞间伐的几个方面。如今说间伐已成为历史，退出了历史舞台。

三

而在谈到与山中小动物建立起的那种亲情时，史国胜说：

"我们爱山中的一切生灵，尊重它们的生存方式，尽最大的努力保护它们，它们也给我们带来了无穷的乐趣。

"大自然是多元的，缺一物不成世界，这就是生态平衡，这是我们在当时情形下的朴素想法。后来通过学习明白了生态从广义上来讲，是指整个自然界的生存状态；从狭义上来讲，是指一切生物的生存状态，以及它们之间和它与环境之间的内在联系。生态文明则是指人类文明发展的一个新阶段，即工业文明后的文明形态。生态文明的核心就是人与自然的和谐相处，并按照人与自然、人与社会的客观规律进行和谐的社会建设与发展，由此取得物质与精神成果的总和。"

理论是这样，现实中呢，只有亲近自然，与大森林形成一种水乳交融的关系，人与大山、与动植物，才能和谐相处，为对方造福。

我用奶粉喂活的小山羊现在和我在管护站上。它遍体纯黑，一双微微泛黄的眼睛给予这个世界的光是纯真的、柔和的，如一位娇小可爱的姑娘般温润如玉。

它是一只小母羊，所以没有胆量跑到远处的山林里去。它绕着管护站的周围走动，拣着那些鲜嫩的草尖儿吃，后半晌天气热了，就到树荫下卧着，盘曲了身体睡觉。听到我回来的脚步声了，蓦地仰头，叫出欢快来，声音稚嫩如丝，但在我听来却是如饮琼浆的熨帖，一种到了家后一切安好的快慰，登时充溢全身。我奔到它跟前，它也蹦跳过来，咩咩地和我亲热。我蹲下，抚摸它的头，头上的短短的角；它迫不及待地找着我的手掌，伸出粉嫩的小舌头舔，仿佛我手掌的味道比任何草都甜美。

它很调皮。我做晚饭时，天往往就黑透了，我打开院里的电灯，为着在厨房、卧房间走动明亮些。一见有光了，它就会从屋角的楼梯暗影处，悄悄地挪至卧房的纱帘下，趁我忙活的空子，闪进屋里，钻到床下。

……

门在没睡前是不关的。我盼着能听到人声或是车声，但是什么声也没有。电视里嘈嘈杂杂的纷乱世相令人心烦。

……

早起，我一开门就瞅见了它那小小的身躯，它一晚就紧贴着我的门睡觉呢！"小宝贝。"我轻声叫醒它，说，"起来吃饭啦。"

我端着碗吃我的早饭，它在附近的草丛里埋头吃它的早饭。清晨清亮的阳光下，我俩惬意地享受着这崭新的天地。饭罢，我收拾好门要巡山去，它惊觉了，追着我喊，咩咩里带着埋怨。它在说："不要走，带上我。"

"回，你回。"我挥着手赶它，"在家看门，晌午我就回来了。"它不管不顾地追我。我抓起一块小石头要投它，又怕打中了它。于是我返回屋里，把攒下的菜叶菜皮搁在盆里，哄着它吃。它哪里知晓我的用意？趁它吃得欢，我就偷跑了。

我的小宝贝，每天就和我这么在管护站上过着，有它在，我好快活。但是，我明白它是不能与我长相厮守的。

它要长大，要有朋友，要有爱情……这些，我给不了它，它有它的世界，我哪里能够让它做我们人类的宠物呢？我必须硬起心肠，令它回归大自然。

这其中透出来的，不就是一种森林之爱？

四

太行山、太岳山、吕梁山，如今竟有了这么大一片松柏常青、气象万千的大森林。

今天成长起来的青少年，兴许有的还不知道，她的无边广袤与壮美巍峨，并非上苍赐予，而是通过无数代林业人的不懈努力，兴化造育。

而我们的林业人，正是这三大磅礴山系的锦绣画师——每一个东山魁夷，千百万个东山魁夷。

简约山西造林历史追溯，前面就是50年代、60年代、70年代，第一个30年，它们本就是山西林业人在太行山、太岳山、吕梁山（当然还有管涔山、中条山等）的万亩大造林、十万亩大造林、百万亩大造林。

然后，又一个30年，直到今天，青山绿水，金山银山，生态得到根本性转变，吾林业人，居功至伟。

在我老家陵川，像王莽岭、凤凰欢乐谷这样森林覆盖率高的地方，现在已成为省内外著名的生态旅游景点。而在前一个30年里，它们还就是大石头山，少有新绿。

当年一个县林业科长，在他晚年，向我讲过一段话，我至今记忆犹新：

"那时候我们去种树，上了这些山上的高处，路也找不到，常常都没个下脚的地方，荒秃秃的，全是石头，犬牙交错。在山上，我们经常是吃不上喝不上,头发胡子一大把,破衣烂衫,虱子也一大把,远看你也不知道,咱是个种树的,还是个要饭的。到了忙时,你人几个月才能从山上下来一趟。走回县城了,却忘记了自己的家门在哪儿。"

山上的树是这么来的。这边太岳山也一样,哪有今日这样满眼的青葱翠色,接天接水,绵延不绝。

五

史国胜说:"我们那阵子除了上山间伐,同时也上山造林。我们植种下去的,大多数都是油松苗。植种工序:前边一个人用大镢头翻坑,后边一人提一个小铁桶,桶里有泥浆,泡着油松苗,用小镢头在大镢头翻过的坑里植苗。

"技术员一再强调要'三埋两踩一提苗',但是为了赶工期,有人就刨一镢头,撬开一道缝,树苗往缝里一塞,踩一脚就走。技术员在后边两根手指一提,树苗就被拨起来了。技术员火了,把大家集中起来训话,责令返工。我们平时可以和技术员胡说八道,在工作上,却是极为尊重他的。"

造林,就曾是这片热土上轰轰烈烈的人民群众运动。

史国胜当年在村中驻扎,有大娘指着村前的山林和他说:

"那是万亩大造林时,我们全村人协助林场职工种下的。"

而这里还有故事,大娘的老伴当时是队长,大娘则在大灶上做饭。他家的孩子们小,正长身体,常常饥饿难忍。一次,大娘就把饸饹床下沾着的一小块高粱面掏出来,给大儿子烤了个小饼子。大儿子正吃着,大娘的老伴回来,劈手夺了儿子的饼子不说,还一个巴掌扇过去,打得大儿子到现在左耳朵都听不清楚说话。这还不算完,还逼着她母子俩到社员大会上做检讨。

满山的碧绿,由林业人和人民群众共同缔造。一代一代人,都

付出了极高的代价。（付出生命代价的故事也多得是）

所以，太岳山林业人，和林区乡亲亦建起来深厚的"林民"情义：不是军民鱼水情，胜似军民鱼水情。

史国胜说："那时我们在村上问房子住，房东从也不说钱，相反，他们还要多担几担水，供我们收工回来喝。当然了，我们能有空闲，也想着干点啥帮帮他们，哪怕就是帮着扫扫院子、推个碾子呢。"

在一个叫半沟的村子，7月的一个晚上，大雨瓢泼。房东大娘家里的毛驴困在山上回不来了，史国胜就和她的儿子进山寻找。

他俩在一个很深的山坳里，听见了毛驴脖子上挂着的铃声响，就在雨中疾走，大声疾呼，喊毛驴的名字。

史国胜说："那毛驴敢情是通人性的。它循着我们的叫声，从雨里就奔出来了。更特别的是，它过来一头倒扎进了我的怀里，也是湿淋淋的，却喷着温热的鼻息。

"我们牵着它，跌跌滑滑地回到家，已是半夜11点多。这时，房东大娘非要给我煮嫩玉茭吃。我要不吃，那我是别想睡觉了。她看着我啃完两穗嫩玉茭，说：'孩子呀，没甚好东西给你吃的，你啥时候要回家了，就告诉大娘，大娘给你带上些莜麦面。咱山里头，就是些莜麦面还稀罕些。'"

史国胜说："我只有点头同意，实在不忍心冷了大娘的一片热肠。"

仍是在这山中搞育化，时时刻刻谨守着"三埋两踩一提苗"。山上的新绿，一片一片地补了进去，很有一点儿"青山着意化为桥"的意境。

正如同他们这些林业人和大山的关系：造林本就为乐水爱山，是智还是仁。

这样，他们转到一个叫到店沟的小山村。他问下一位姓李的老奶奶家，住了人家一间耳房。

李奶奶的话语里时常蹦出些文辞，富含哲理，这令史国胜好奇不已。

　　这年的史国胜二十四五岁，渴望在这林区能多听到一些好故事，记在心里，日后也许能写出来。

　　为此，他有意识地多和李奶奶说话，央求李奶奶讲故事。

　　"我趁着工余给她家里担水、劈柴。她喜欢喝茶，好茶叶却舍不得买。我就给她买茶叶，买那种五块钱一两的散银毫，也有几十块钱的毛尖。李奶奶过意不去，要付我钱，我当然不能要，只缠着她讲故事。她笑我是块膏药，粘住剥不下来。"

　　正是在这时断时续的交谈中，史国胜知道了李奶奶当年曾是这太岳山上闻名遐迩的女游击队长。

　　至此，他这么一个林场青工，对太岳山的认识，已超出了日日间伐，天天植造，在林感知，有了一些人文、历史的东西。

　　与间伐相对应，正是他们这"三埋两踩一提苗"的种植方法，见微知著，实为更重要一面。

六

　　如此，这也就到了史国胜离开他的林场林区，到外面去打工年代。

　　20世纪90年代末，国家有令，国有林区，全面禁伐。因此，也使得史国胜他们，一下子没有了经济来源。

　　用他本人的话说是"失去了生活的方向"。

　　当时，至少省里是没有出台相应的经济扶持政策。卖木材这条国有林场主要的收入来源被掐断，可以说，大家真的就断了生计。这已不仅仅限于基层一级。陪我下去采访的太岳林局办公室主任李振军，他当时在管涔山林局，他可是干部，亦受到了很大冲击。他说，有那么一段（时间还不短），大家的工资都停发了，再别说什么奖金补助这些。事实上是每个林业人，在这一时期，都面临着严峻的生存挑战。这关，怎么过？

史国胜说："以往在山上干活时，抱怨出力多挣钱少。如今没有活干了，面对深不可测的社会，一时彷徨无计。有人就去争抢那几个有限的护林员岗位。其实，争到手了也没多少钱。但是起码是个心灵依靠。我没有去竞争，一心想自己闯一闯，就搞起了笼养兔子，结果惨遭失败。我这不只是技术能力不足，还有资金方面的缺失，都没法解决。

"无可奈何，跑到了太原找事干。也说运气还不错，我应聘进了一家园林绿化公司。因为园林绿化和咱林业是互通的，上手容易，干得还可以。不想，一干，就是好几年，和原想临时找个营生，出入挺大。"

只是他人在太原，心却在太岳，老感觉自己就像一棵被连根刨起的树，树根上本来就没有多少土，还要放在水里被涮干净了，这怎么可能再生出新根来呢？

史国胜说："想是这么想，公司的工作，我可不能掉以轻心。我认真细致地学习了花卉的种植和养护。也说付出就有回报，我的薪资，随着自己技术的熟练程度，逐步提高，分管的花卉和人也更多。"

但史国胜得到公司高层的认可，还是他带队移植金叶女贞球成功。

那年6月，公司技术部忽然下达指令，让史国胜小队把1500棵金叶女贞球从这一块圃地移到另一块圃地，腾出来的圃地要盖花窖。

"老总们不近人情，要求成活率必须达到85%，达不到的话，按照损失的株数罚款，一株罚100元，从我的小队队员工资中扣除；如果达标，每株奖励100元，加入小队人员的年终奖直接发放。这个指令，搞得我寝食难安。我知道，我的队员们都是背井离乡出来打工的，每挣一分钱，都有重要的用途。我坚决不能失败。

"我带队投入了工作，严令队员们照我的既定规程进行操作，差一步就重新返工。我们用了两天时间，完成了移植工作，最终的成活率普查，是98%。"

大家欢呼雀跃，伸出大拇指，夸奖史国胜有能耐，有本事。

史国胜说："其实，这哪里是我的能力？我是照搬了咱们的'三埋两踩一提苗'，又加了一道工序，叫密封，就是在浇三水的过程中，每一次都要对树的储水坑裂缝进行填补，直到裂痕不出现为止。这也算不上创新，是我采纳了一位老园林工人建议后实施的，也可以算作照猫画虎。但是经验的效力永远不容小视，只要它是实践的结晶又经得起科学论证，那它就是正确的，可以为我们所用。"

自此，公司老总们经常带着他到全国各地参观学习，采买各种花卉。

史国胜还主动请缨，把几十座花窖里的花卉重新修整、换盆，近千盆待报损的富贵竹笼重新编整，让它们在租摆市场上，再度绽放光华，喜气满满，夺人眼目。

七

但史国胜最终还是回来咱这太岳山中，在他这伏牛山林场，做了一名每日巡行森林的管护员。

太原城美好的园艺花卉生活，成了他生命中一段往事。

他来到了白鹿寺（达达坪）管护站，一人一站，向人家讲得最多的话就是，"护林防火，是我的事业，请朋友们多多配合。"

他说："以往的白鹿寺护林点，其实是在达达坪，大概是为了顺口、好听，称了白鹿寺。如果从沁县上山，经丁家山龙王圪梁，过玉皇爷顶，下坡就是沁源县仁里村。从仁里到沁县，也是要经过这条路的。达达坪就是玉皇爷顶中部的一块小平地，有当年林区先辈们用石头盖起的三间土楼，外墙还抹了白灰。一个小小院落，就地取材，用醋柳枝压扁，埋在土里作围墙。一盘碾子，石磙滚到了地上,早不用了;碾盘倒是光滑、平整,上边留有先辈们磨镰磨斧的痕迹,也可以放茶壶、茶杯,坐上去抽烟,闲谈。"

想来,到了七老八十的时候,这地方他也会这么清晰地记着。

因为工作的调配,他在那小院里住了两年。那时不通电,场里一个月配发5斤煤油,让点灯用;5节干电池,3节用于手电筒,两节就听收音机;有1杆老火枪,炮台是磕头婆子式,枪管好,六棱的,一个月配发3斤火药,10斤铁砂。

"再剩下的活物伙伴,就是自己找寻的,俗名叫烟熏圪筒的一条土狗,吠叫时声若豹鸣,实际是混了群山的回声。它的伙食,场里也给配发过一段,一个月25斤玉米糁子。

"还有一台电话机,老式带摇把的那种,每次打电话,我就会想到摇自行车的脚蹬子,真是个奇怪的联想。

"挑水时是往南面那条小路上走一截,拐弯处就有一浅池,用石头将小泉眼围了个井的模样。我把一铁质瓷碗穿了孔绑在棍子上,伸下去就可舀得一碗清澈泉水。一天可以攒两担水,除了做饭、洗衣裳,搞个人清洁卫生,还是够用的。"

白日里,史国胜吃了饭、喂了狗就出去巡山。门是要锁好的,个人用具倒不值钱,公家的东西不能丢。更何况其中一小间房

里还摊着场里给拉的过冬的煤块呢。这儿他还弄了个大门，也是用醋柳枝扎的。他说："门锁君子人，坏人连银行都盗，这样一个栅栏能顶甚用？可我没遇过，回来无论早晚，那门总也是好好的。

"狗是很尽职的，我把它的窝垒在我的窗台下。拴狗的铁链长度恰好可至门前。我一走，它就呜呜呜地叫，叫声忧怨似小孩子哭，它是怕寂寞啊。在这静寂的大山中，除了松涛阵阵，再无他声。它也是有七情六欲的，可惜一根铁绳就限制了它奔放的生命。我有时很可怜它。可又没甚好法子助它。我怕自己心一软，给了它自由，而它却一去不返，留下我一人独处。假若山中野物不高兴了，来找麻烦，我连这个'保镖'也没了。"

夜晚，史国胜则在屋中，点了灯看书写字。"书，那时可是读了不少。下到村里工作时，遍访友人借书。哪怕是小学生的乘法口诀，也要一遍遍地瞅，非要弄得它面目全非才罢休。写字是带了些旧报纸和毛笔的，胡写乱画还美其名曰：练书法。那种兴致所致、随心所欲的涂鸦，使我至今写出字来仍飞扬跋扈。

"我看累了，写累了，就出门外转转，和狗聊天。我说，它静静地听，一声不吭。我说到动情处，它伸了舌头舔我的手背、胳膊，那种湿润却涩涩的感觉，至今记忆犹新。"

史国胜说："住这种地方，没病的时候挺好，身心自由，无拘无束。但有病就麻烦了。一年正月，记不清初二还是初四，我腿上忽然就长了一个疮，初时不在意，谁知越长越大，痛痒得我只能蜷缩在炕上。吃饭、喂狗还能硬撑着，可担水就成了问题。往场里打电话，线又断了，那种铁丝线，中段已不知被谁剪了去补贴家用。无奈，就只好缩减饭量，真是饿得头昏眼花。我多么盼望能有个人来，可大雪封山，万径人踪灭。我躺在炕上，待到那疮化透了脓、挑破，就可以担水，可以做饭了。

"这样，推到初六还是初九的样子，马刨泉村的宏宏陪了他娘和妹子前往丁家山姥姥家串亲戚，进来歇脚。见我如此狼狈，赶紧撂下礼物，帮我挑满水缸。他娘，我该称婶子的，洗手和面切菜，为我做了一餐可口的佳肴。他们连口水都不喝就匆匆赶路了。走时还叮嘱我一定要吃饭，吃耐实了，才可以扛住病痛的。还说返回来时捎些药给我。

"果然，他们返上来时就带了一支红霉素软膏，还有10来颗四环素。照应我吃了药，宏宏又替我涂了药膏才告辞。我对他们母子的恩谊永生难忘，曾暗下决心要报答，可直至现在也无机会。希望他们过得比我好。我只有千万遍地默默祝福他们：好人一生平安。"

我问过春节情况，哪怕是大年三年除夕夜到大年初一一天呢，可否和家人团圆，他说：

"这过春节很值得一提。我在达达坪上，也扫刮、贴春联、煤油灯擦得锃光瓦亮，院里还扯了花绘，写的是"满目青山如黛"，权且当文人都喜欢给自己书房起某某室某某斋聊以自慰。我这可比他们阔绰多了，天地为雅房，大山为斋堂。除夕晚上，收听春节联欢晚会那当然是一年中所企盼的，收音机位置要摆在正位，显眼，音量要放到最大——老天爷要听得见。当主持人向节日期间仍然战斗在各自岗位上的同志们问好时，咱也心潮澎湃，热泪盈眶，热血沸腾：包了饺子，炒了一斤多猪肉，箱底摸出一包藏了许久的阿诗玛，开了妻给准备的甜的咸的核桃仁罐头，取一瓶白酒，是那种晋泉牌高粱白酒，遥望山下万家团圆灯火，耳畔隐约飘着远远传来的爆竹声，喝酒抽烟。

"我边喝，边笑，边哭，边唱。我喝几口便出去摸摸狗，然后放它一枪。爆竹咱是买了的，嫌它不如枪声响动大，咱就装满老火枪，朝天空放。这时狗就欢快地吠叫，围了我尽情舞蹈，狗也是在欢度新春。"

问他这条狗的情况，他说：

"后来，我奉调至老爷山庙上。搬家时，就把狗送回了老家。它在我家里生了一窝小狗。那时才晓得它是条母狗，但是它却死了，是吃砒霜死的。它太护家了，得罪了人，人就陷害了它。我很伤心，抱它到村后的野地里放下。隔不了几日就去看它，希望它一跃而起扑过来，绕了我转圈，直立了爬我胸前，使劲地摇尾巴。可是它没有，它是真的死了。我挖了个深坑，埋了它，上面做了个土丘。

"我很后悔带它来这繁杂的人世间。我成就了它生儿育女，可也毁了它一条生命。"

八

2011年，山西省林业厅妇工委授予史国胜"五好文明家庭奖"。在接受记者采访时，他说："这一奖项，我有些受之有愧，因为我们所有的林业人，每一位都会像我一样，做到孝敬父母，呵护妻儿。假如某一位做得不太到位，那也不过是对爱的理解有偏差而已。"

由于管护工作的特殊性，我们与家人相处的时间并不多。每每走在寂静的林间，抬头望树顶，低头跨涧水的同时，对家人的思念如山岚般弥漫整个心胸。出来一段时间了，家人过得好吗？父母垂垂老矣，儿女们听话吗？学习成绩总是不尽如人愿，他们怎么就不理解咱的心情？妻子操劳着一大家子，累不累？不行，该打个电话问问。快步跑上山头，左调右调，手机信号老是一格。不管了，打出去。耳机里总算有了回音，却是一个干巴巴的女音在说：您所拨的电话无法接通，请稍后再拨。就这，也是磕磕绊绊听不全。

杵在山头，茫然四顾，眼底所及竟然是家乡的田园风光，风光里走动的背影一忽儿是父母的老态龙钟，一忽儿是妻子的汗流浃背，一忽儿是儿女们翘望的眼眸。

好想抛下工作回家一趟啊，跃跃欲试的心狂跳着，人就开始了狂躁，围着一棵又一棵的大树转圈，衣服在身上显出了明显的厚重，那就脱成个光膀子吧，这是在大山里，没有人看你的仪容仪表。

这又是林业人长年在山间，与家人不能厮守的一面，有其代表性。

九

史国胜每日里巡山转山，护林的故事最多。举一两个和有代表性的，正可看他这个林业人从伐到植再到管护这么一个三段式，是逐步升华，是质的飞越。

遇到林间寻生活的山民了，他们会笑着拍打上下衣兜，说："我进山不带纸烟打火机。"我不信，拉扯着要搜身，他们大喊："不能搜，不能搜。"然后把衣兜全部翻出来给我瞧，说："你看，你看，哪有纸烟打火机？"说完了，恨恨地瞅我，故意咬咬牙："等着吧，那天你来了村上，不把你喝醉咱就没完。"

我回应一笑，转身继续我的行程。他们喊声远远追来："记得啊，到咱家喝酒。好酒。"我朝后挥挥手，扯开嗓子唱山曲，林里休憩或进食的小动物，吓得刷啦啦地跑。

森林管护，任重道远，只有发动全民护林爱林，才是青山常在的保证。

所以，宣传工作，就应当如同电视广告一样，无穷已地向下播下去。听得多了，人们自然会知晓，森林对于我们生存的重要性。

绝大多数的人民群众是善良的、本分的。我们的工作能顺利完成，又主要依靠他们这个强大的后盾。

也因为他们和人民群众建立了这样鱼水情深的关系，这到后来，如他进附近村中宣传护林防火、保护野生动物法律、法规，就进行得相对顺畅，百姓多配合。另外，史国胜又很注意宣传的方式方法，常常用的都是老百姓听得懂的话，打的是老百姓自己就打的比方。

史国胜说："照本宣科，肯定不行。你一口一个生态平衡建设，一口一个食物链顶端、低端，村里人知道你说的是哪个鬼。"

所以，就食物链这么个鬼，咱得举喝酒打扛子才好使：

"鸡吃虫，虎吃鸡，杠打虎，虫啃杠，如此，循环往复。"

如此，我们也就明白了，他为什么会在2009年时离开省城太原，重返这林业第一线，做一个最普通的森林管护员。山上常为一人世界，伴之以巨大的孤独、寂寞和生活上的落差，实乃他和这地方——如此前的白鹿寺（达达坪）、现在的老爷山浑然一体，不能分割。

这就是他的心跳与呼吸。

巡护山林是我们的日常工作，但是就在这看似枯燥的行进中，你会有许多新奇的发现，四季的山色在你眼里活色生香。春天里，黄刺玫（马茹花）开遍了峰岭沟岔，流淌的金黄招来忙碌的蜜蜂，空气里充满了新生命的鲜爽。尤其是有月亮的夜晚，你会以为自己徜徉在繁星中间，不知是在天上还是人间；夏天里，山涧汩汩唱响，鸟儿的脆声鸣叫震落了淡淡的雾气，山清水秀顿时豁亮了你的心房，你会情不自禁地赞叹大自然的丹青妙手；秋天，山里到处野果芳香，浓绿的叶片，随风摇曳。登顶远眺，绿海翻波，有野鸡飞跃树梢，翎毛在太阳下反射出七彩的光芒；冬天，白雪填满了沟坎，松树变身为一座座的宝塔，荆棘丛披上了冰晶做就的衣衫，那些尖刺不再扎人，你徒手抓上去，就如拉住了春天的柔柳。

山里就只有你一个人。你就是主宰一切的"神"。

他被评为"全国绿化劳动模范"，不仅因为他会写小说，写自己的林中事，更主要在于，在中华人民共和国的千山万壑和浓荫碧绿里，有千千万万他这样的林中人，把青春和生命都奉献给了我们的大森林。他是他们这个群体的代言人。

十

站在龙泉神庙遗址上四下看去，更能感到老爷山这一带大森林的壮美、雄奇；神庙前原本有一条大道，现在倒似一段平坦的山脊，向南伸延，径直没入对面山中的油松林里。

暮春初夏，老爷山大森林更显无限美好。上山下山的红土路旁，开满了黄刺玫（马茹花），黄刺玫花海一浪浪耸起，绵延数十公里，正像大森林的护卫部队，举着亿万黄色花朵盛放的盾甲。

大森林的金边，最是醒目的黄色，似在昭示，森林是奉献给大地和人间最深切的爱。

我本人则恍若哪一年来在北戴河海边，有一些微微头晕，随之意识到，这又发生了轻微醉氧。伏牛山，老爷山，绿色的宝藏，负氧离子高得惊人。

我业余学过多年的唱歌，近些年又用手机录了好多歌。四月在晋祠宾馆，因感其林木丰茂，鲜花盛放，只要散步，就反复放自己所录的阎维文版的《大森林的早晨》（作曲：徐沛东，作词：张士燮）。这时，在这大森林前，我用手机把歌放出来，邀大家围过来听：

大森林的早晨，多么美、多么美，

淡淡的晨雾，静静的流水；

山重重，树丛丛，丛丛绿树中，鸟儿歌声脆；

啊，我投身在这绿色的怀抱里，

清新的空气，叫人心儿醉……

啊，我要歌唱，我要赞美，

歌唱这大自然的景色，赞美这绿色的宝，

绿色的光辉，绿色的光辉。

除史国胜、李振军两位外，围过来的朋友，还有伏牛山林场场长韩红亮先生，副场长杜天志先生；给我们开车的司机董红平师傅，史国胜在这边老爷山上的一位工友；几个路过的乡人，以及一位在庙前盖了鸡埘放养土鸡的村中大嫂。

我的歌唱有一些专业水准。这首歌还从阎维文所唱的A调提到降B调，最后一个高音，激越，透亮，似也能说辉煌。当初我在录它时，就曾隐约感到，哪一日会在森林中唱响。

献给大森林，这绿色的宝，绿色的光辉。致敬林业人，我们森林的守护神。

作者简介

柴然，1962年生，山西陵川人，中国作家协会会员，中国报告文学学会会员，山西省作家协会全委会委员，山西省作家协会首批签约作家。

1984年开始发表作品，著有小说、诗歌、散文、报告文学、文学评论、影视文学多种；出版有诗集《前年秋天》、多文体探索卷《死无葬身之地》、长篇小说《龙门记》、长篇报告文学《开眼》、长篇传记文学《神池人的厦门》等著；获赵树理文学奖，《山西文学》《星星诗刊》《黄河》杂志等诗歌（诗赛、年度）奖。

青山不老

◇ 梁 衡

　　《三国演义》中有一个故事，写庞德与关羽决战，身后抬着一具棺材，以示此行你死我活，就是我死了也没什么了不起，埋了就是。真一副堂堂男子汉大丈夫的气概。这种气概大约只有战争中才能表现出来，只有在书本上才能见到。但是当我在一个小山沟里遇到一位无名老者时，我却比读这段《三国演义》还要激动。

　　窗外是参天的杨柳。院子在沟里，山上全是树，所以我们盘腿坐在土炕上谈话就如坐在船上，四围全是绿色的波浪，风一吹，树梢卷过涛声，叶间闪着粼粼的波。

　　但是我知道这条山沟以外的大环境，这是中国的晋西北，是西伯利亚大风常来肆虐的地方，是干旱、霜冻、沙暴等一切与生命作对的怪物盘踞之地。过去，这里风吹沙起能一直埋到城头。县志载："风大作时，能

逆吹牛马使倒行，或擎之高二三丈而坠。"可是就在如此险恶的地方，我对面的这个手端一杆旱烟的瘦小老头，他竟创造了这块绿洲。

我还知道这个院子里的小环境，一排三间房，就剩下老者一人，还有他的棺材。那棺材就停在与他一墙之隔的东屋里。老人每天早晨起来抓把柴煮饭，带上干粮扛上锹进沟上山，晚上回来，吃过饭，抽袋烟睡觉。他是在65岁时组织了七位老汉开始治理这条沟的，现在已有五人离世，却已绿满沟坡。他现在已81岁，他知道终有一天早晨他会爬不起来，所以那边准备了棺材。他可敬的老伴，与他风雨同舟一生，也是在一天他栽树回来时，静静地躺在炕上过世了。他没有儿子，只有一个女儿在城里工作，三番五次地回来接他出去享清福，他不走。他觉得自己生命的价值就是种树，那边的棺材就是这价值结束时的归宿。他敲着旱烟锅不紧不慢地说着，村干部在旁边恭敬地补充着……15年啊，绿化了八条沟，造了7条防风林带，3700亩林网。去年冬天一次就从林业收入中资助村民每户买了一台电视机，这是一个多么了不起的奇迹。但他还不满意，还有宏伟设想，还要栽树，直到他爬不动为止。

我们就在这样的环境中谈话，像是站在生死边界上的谈天，但又是这样随便。主人像数家里的锅碗那样数着东沟西坡的树，又拍拍那堵墙开个玩笑，吸口烟……我还从没有经历过这样的采访。

在屋里说完话，老人陪我们到沟里去看树。杨树、柳树，如臂如股，劲挺在山洼山腰。看不见它们的根，山洪涌下的泥埋住了树的下半截，树却勇敢地顶住了它的凶猛。这山已失去了原来的坡形，而依着一层层的树形成一层层的梯。老人说："这树根下的淤泥也有两米厚，都是好土啊。"是的，保住了这些黄土，我们才有这绿树。有了这绿树，我们才守住了这片土。

看完树，我们在村口道别，老人拄着拐，慢慢迈进他那个绿风荡荡的小院。我不知怎么一下又想到那具棺材，不觉鼻子一酸，也许老人进去就再出不来。作为政治家的周恩来在病床上还批阅文件；作为科学家的华罗庚在讲台上与世人告别。作为一个山野老农，他就这样来实现自己的价值。一个人如果将自己的生命注入一种事业，那么生与死便不再有什么界线。他活着已经将自己的生命转化为另一样东西；他死了，这东西还永恒地存在。他是真正与山川共存、日月同辉了。达尔文和爱因斯坦都说过，生死于他们无所谓了，因为他们所要发现的都已发现。老人是这样的坦然，因为他的生命已转化为一座青山。

老人姓高，名富。这个普通的人让我领悟了一个伟大的哲理：青山是不会老的。

一种精神

◇ 李青松

> 树是种出来的,
> 不是说出来的。
> 种树。种树种树种树。
> 种树。种树种树种树。
> 种树需要苦干,种树需要一种信念和精神。
>
> ——题记

"二杆子"

他的长相颇像禹作敏,细高个子,长脸,猴瘦猴瘦,一副疾恶如仇的样子。第一次见到他时,很是惊愕,还以为时光倒转,回到了20世纪80年代的大邱庄呢。事实上真是个庄,但不是大邱庄,而是赵盘庄,在山西省中阳县暖泉镇。他跟你说话时,两眼紧紧盯着你,时不时会有吐沫星子喷出来。他这人气大，说到一些看不惯的事情，就会咬牙切齿。他的中阳话口音很重，他说十句，我能听懂两三句；他说两三句，我干脆就听不懂了。不过，他挂在嘴上的那句话，我还是听懂了——"你懂我的意思了吗？"他是个颇有争议的人。有人讨厌他，说他张牙舞爪，咋咋呼呼，不明事理。有人说他的身上有一股匪气，要是生在旧社会，一准当土匪，占山为王了。有人说他是个"二杆子"，把钱都撒山上去了，胡球日哄。日哄个甚？——种树。种树种树种树。种油松，种侧柏，种山杏，种刺槐。就是这么个被称作"二杆子"的人，竟然绿化了10万亩荒山，种了2000万株树。在中国，造林先锋不止他一个，张侯拉、马永顺、牛玉琴、石光银……能数出一个长串。而凭个人的力量绿化这么大面积种这么多树的人，他却是头一个。

头一个怎么啦？是啊！有人指着正在青山垣上给树挖坑的那个背影，说，还说不准他是给树挖坑还是给将来装自己的棺材挖坑呢！说完，捂着嘴吃吃一通乐。猫腰撅腚的那个背影当然没听见，他的心思全在坑里呢！在乡下，与精明相对的词才是"二杆子"呢！他的脾气把他害了。人说性格决定命运，而性格是啥决定呢？——脾气。这话在这个被称作"二杆子"的人身上算是应验了。

种树。种树种树种树。他本来拥有三座煤矿的股份，也算是知道有钱人的日子是什么样了。吃香的喝辣的，美美地受用一辈子，甚至几辈子都够了，还折腾个甚？可是，他还是折腾。据说，山西煤老板们暴富后，通常都干三件事，一则买豪宅，问问，北京、上海、海南、深圳的高级别墅的钥匙都在什么人手里？二则买豪车，瞧瞧，卡迪拉克、奔驰、宝马轿车轮纹里的煤屑就知晓车的主人都是干什么的了。三则……唉，那是人家私密的事情，还是不说了吧。然而，这三件事，他都没有去折腾，却偏偏折腾着去种树。种树。种树种树种树。这个"二杆子"真是个犟种，树能生出金蛋子吗？可话说回来，种树也不一定就种成个穷光蛋啊。那要看你种什么树，好家伙！要是种核桃种红枣种板栗种成10万亩，10年后不成百万富翁才怪呢！种什么树的问题，我们想到了，这个"二杆子"就想不到吗？他当然没有"二"到那种程度。他不是不想种，而是不能种——青山垣的立地条件太差，片麻岩上几乎没有土层，经济林根本种不活。他只能种那些耐瘠薄耐干旱的树。油松、侧柏、山杏、刺槐这些树瓷实，好活。不过这些树却没一点经济效益，只有投入没有产出，种的越多，负担就越重。那简直就是无底洞了。种树。种树种树种树。他算是掉进"洞"里了。

青山垣

青山垣在吕梁山中段。说到吕梁山，人们自然就会想到马烽、西戎的《吕梁英雄传》，当年民兵队长雷石柱带领民兵打鬼子、端炮楼，反扫荡，威震吕梁山。今天，一个"二杆子"种树能种出什么名堂？你还能成为英雄吗？

即便是英雄，也是个掉进"洞"里的英雄。那还能算英雄吗？

这是一个巨大的"洞"——有面积，有株数。论面积，10万亩不是个小数，得相当于多少个天安门广场呢？这还真不好丈量。论株数，2000万株该是相当的壮观无比了，一米一株，一株一米，若是一株一株排列下去，从赵盘庄排到北京，围着鸟巢排一圈，再从北京排回赵盘庄，大概没有问题吧。2000万株，聚起来就是一座绿色的山，躺下去就是一片绿色的海。

种树。种树种树种树。他是20年前开始往"洞"里掉的。那个"洞"在吕梁山中段的青山垣。青山垣辽阔而荒凉，几丛灌木几蓬衰草简直就可以算是冷漠的大自然的额外恩赐了。早年间，一个说书的盲艺人曾经给他算过一卦，说他前世是树神，天生看山的命，命中主贵，必有大作为。这个被称作"二杆子"的人的命运注定要和青山垣的命运连在一起了。

当时村里正在拍卖"四荒"。拍卖会开得异常沉闷。对了,"四荒"就是荒山、荒坡、荒滩、荒地。大家心里都有数,汗珠摔八瓣,好田还种不过来呢,哪还有力气治理"四荒"啊!再说,那"四荒"自古就是荒着的,除了牲口啃草磨牙,除了丢死孩子,葬死人,还能有啥用途?人人心里的算盘珠子早拨拉好几遍了。于是,女人扎堆嗑着瓜子,汉子们缩着头吧唧吧唧抽闷烟。村里没一个人站出来承包,眼看拍卖会就要泡汤了。"二杆子"的脾气上来了,腾地站起来——"我包!"一个一个缩着的头伸出来,诡异的目光看着他。村长唯恐他反悔,手起槌落,当的一声响,荒凉的青山垣的使用权就落在他的手里啦。轰!——全场乐倒了一片。好啊!他没有一个竞争对手,输赢都是自己。村民们纷纷扛起板凳,往门口走。转瞬间,青山垣跟大家没关系了,只跟他一个人有关了。村民们嘻嘻笑着散去了,嘴里叨叨着——"二杆子""二杆子"。村委会屋里瓜子皮满地,丢在角落里的烟屁股,有的还在冒着缕缕清冷的烟。他一个人傻在那里了。……

不一会,婆姨知道了,风风火火赶来,同他吵了一架。末了,一跺脚,哭着回娘家了。"二杆子"的犟劲上来,八头牛也拦不住。好嘛!你回娘家,我上山。第二天,他背着行李卷上了青山垣。在山上搭了个窝棚,种树。种树种树种树。

到底是女人。一个月后，婆姨心软了，拉着孩子找来了。到山上一看，丈夫蓬头垢面，胡子拉碴，衣服裤子被杂草灌木划成了条条，就像野人一样。毕竟是夫妻，婆姨的眼泪哗就下来了的，结果，没把丈夫劝下山，自己和孩子也留在了山上。唉，"二杆子"的犟脾气，不但害了自己，也害得全家人跟着遭罪哩。

盟　誓

不久，他的一些亲戚也上山帮他来了。种树。种树种树种树。

头一年种的树，活了两成，八成都死了；第二年种的树活了三成，七成都死了；第三年种的树，活了四成，六成都死了……

死的比活的多得多。都折腾死了，还折腾个甚？他说，那也得折腾，不把自己折腾死，就得折腾。因为不种树，不折腾，他就得死。树魂儿已附在他的身体里了。

我们都种过树，闹着玩似的，挖个坑栽个树苗，踩几脚，浇点水，树死树活，没我们的事了。坐大巴去坐大巴回，中午还有面包、咸鸭蛋、香肠吃，有矿泉水喝。嘻嘻哈哈，哈哈嘻嘻……这是种树吗？这不是种树，这是表演种树。真正的种树根本不是那么回事。种树看似容易，实则难。难就难在怎样把树种活。

从第八年起，他开始雇人上山种树。200人，300人，500人，青山垣就像当年大寨的虎头山，彩旗招展，热火朝天。种树种树种树。树是种上了，可来年春天一看，成活率还是不高。什么原因？种树不认真，缺乏监督的眼睛。可也不能一个人种树，另一个人站在旁边监督啊！那谁来监督呢？让山神爷来监督吧。

这个被称作"二杆子"的人从红军过草地时，刘伯承与小叶丹的歃血为盟得到启示。此后，种树的头一天，他把所有种树人召集到青山垣的最高处，杀鸡盟誓。他把鸡血滴到酒碗里，每人一碗，先敬天，再敬地，最后自己喝到肚里。之后，跪到地上，点燃一炷香，把香高举过头顶，向天盟誓。先是别人："我种的是神树，如果种不活，甘遭报应"。后是他自己："如果哪个人认真种了树，我欠了他的工钱，那就死我儿子。"盟誓完毕，鞭炮齐鸣。誓者庄严肃穆，听着涔涔汗下。

在吕梁，这一切只有这个被称作"二杆子"的人才能做得出来呢。

不过，这一招还真管用，成活率比以往提高了不少。种树。种树种树种树。一片一片的绿，盖住了裸露的秃岭，青山垣渐渐有了生机。

卖棺木

种树。种树种树种树。买树苗雇工的钱从哪儿来？

早年间做买卖贩运粮食赚来的钱投到山上去了；后来开煤矿挖乌金赚来的钱投到山上去了；再后来开门市部卖建材产品赚来的钱也投到山去了。可还是不够，他又向银行贷款，向亲戚朋友借款，甚至还贷了"驴打滚"的高利贷……搞得债台高垒，债务如山。

这个被称作"二杆子"的人是两头忙呢——一头在山上，种树种树种树；一头在山下，借钱借钱借钱。量力而行，量入而出，有多少钱办多少事，何必东挪西借，着急上火，嘴上起泡？往大了说，你种树是为了绿化祖国，为了民族的生态安全，可少了你种的那几棵树，就国破山河碎了吗？中华民族就得搬到月球上去了吗？没那么严重。然而，他还是四处借钱。种树。种树种树种树。亲戚朋友躲着他，没人敢跟他来往了。这个"二杆子"疯了吗？是疯了，他开始变卖家产了——电视机卖了，缝纫机卖了，录音机卖了，摩托车卖了……陡然间，家徒四壁了。还有什么能卖？他一眼瞥见了墙角的给父亲备下的棺木。他的父亲当过八路军，参加过抗美援朝。当年，贺龙一二〇师驻扎在中阳，个子还没有三八大盖高的父亲投奔了贺龙的队伍，扛枪打日本鬼子了。这个被称作"二杆子"的人孝顺父亲。父亲爱打扑克，他就买回一箱子扑克，又买回一箱子香烟。他让侄子保管香烟，村子里谁陪父亲打牌，打一次发一包香烟。20世纪80年代，他在东北贩黄豆时赚了一笔钱。作为长子，他从小兴安岭给父亲买了一副上好的红松棺木。那副棺木拉回赵盘庄时，很令庄里的老人们羡慕——瞧瞧，人家"二杆子"多孝顺。"二杆子"的父亲高兴得合不拢嘴。背着手，仰着头从庄东头走到庄西头，又仰着头，背着手，从庄西头走到庄东头。那是多么光彩和荣耀啊！就像他在朝鲜战场上打穿插立了头功。

可万万想不到的是，在一个月黑天，"二杆子"硬是偷偷把棺木卖了。清早起来，父亲发现红松棺木没了，差点没背过气去。他跳着高地骂，从太阳出来就骂，一直骂到太阳落山。一下子，"二杆子"由大孝子变成了大逆子。逆子就逆子吧，有钱种树就行。棺木将来可以再买，可种树季节一误，就是一年，再也补不回来呢。

用卖棺木的钱，他买了800斤松籽和山杏核撒在青山垣。种树。种树种树种树。赵盘庄的人悄悄议论，接下来，这个"二杆子"还会卖啥呢？不会把婆姨也卖了吧？

投 药

常言说：三分造，七分管。有些地方年年种树不见树，很重要的原因就是轻视了管护，封禁措施不到位。要想保住种树成果，必须实行"三禁"，即：禁樵，禁牧，禁垦。对这个被称作"二杆子"的人来说，禁樵和禁垦相对容易一些，而禁牧就令他犯难了。他即便再横，也是一人难抵万家啊！难，也得禁。小小暖泉镇有1万多只羊，5000多头牛，还有马，还有骡子，还有驴，也都头数不菲哩！纵然种的树再多，如果管不住这些牲口的嘴，那些树迟早都得变成牲口拉出的粪蛋蛋。他请人写了许多"封山禁牧"的告示，贴在乡间的耀眼处，告知乡民，青山垣不准放牧云云，否则便如何云云。

告示贴出去二十多张，还没等糨糊干了呢，就被人扯下来，蹲茅坑拉屎擦屁股了。

你是政府啊！你说禁牧就禁牧。祖祖辈辈都在青山垣放牧，几千年来，十里八村的牲口都是吃青山垣的草长大的，你贴一张纸，就断了牲口的活路？狗日的——呸！呸呸呸！！

放牧，照旧。照旧，放牧。

他前脚种了树，牛羊们后脚就跟着来了。舌头卷，蹄子刨，刚种下的小树，统统进了牲口的肚里。他从东边赶，牲口跑到西边，他向西边追，牲口又呼地跑到东边了。两条腿的他，总没有四条腿的牲口跑得快。辛辛苦苦种的树，就这样都喂了牲口了。"二杆子"服软了——他拎上好烟好酒，找几个村的村长道自己的苦处，请求各村发布"村规民约"禁牧。结果，人家都跟他打哈哈。心说，你不是横吗？你还用求我们？嘴上却说，村委会是大家的村委会，得代表大多数村民的利益，而不能代表你一个人的利益。维护你一个人的利益，而损害大多数村民的利益，那是违反村民委员会组织法的，使不得，使不得。

他苦不堪言。自己的事情只好自己办了。我是谁？我不是"二杆子"吗？我是"二杆子"，我怕谁？他心一横，决定投药。他想，这件事不能偷偷摸摸地干，得光明正大。老办法，先告知——他贴出"投药"告示，说，青山垣的树木，近来虫害肆虐，为除虫并防止虫害蔓延，将喷洒农药云云。擅自进入林内放牧者，后果自负。他在青山垣的四周插了许多"此地有农药"牌子。投药那天，还专门从镇上请来鼓乐队，敲敲打打，吹吹唱唱，就像办喜事唱大戏一样闹腾一天。目的只有一个，告知大家：我投药了！别去青山垣放牧啦！他本不想药死谁家的牲口，吓吓了事。可他担心的事情还是发生了。一户村民的1头牛和10只羊被药死。户主是个婆姨，又哭又骂地找上门来。他摊上官司了——经过调解，他共赔偿人家

5800元。

虽然输了官司,却赢了禁牧。从此再也没人敢上青山垣放牧了。

种树为个甚?

种树。种树种树种树。种树为个甚?

其实,这个被称作"二杆子"的人,最初种树的动因很简单——为了娘临死时说的那句话。这个被称作"二杆子"的人,1960年出生于吕梁山中段一个只有九户人家的小村子。兄弟姐妹7个。一家人挤在一口土窑洞里,生活贫苦。他从小讨过饭,给村集体放过羊,知道饿肚子的滋味,也知道苦难意味着什么。饥饿是那个年代的显著特征。早年间,他苦苦奋斗的一切都是为了摆脱饥饿。温饱解决之后,他苦苦奋斗的一切又都是为了改善生态。也许,这就是他的人生历程。

1988年,他的母亲因肺心病发作离开了人世。临走时,面如枯槁的母亲对他说:"娘的病是烟熏的。"这句话像针一样扎在他的心上。他悲伤,他痛悔不已,他肝肠寸断。不论

在什么场合,一想到母亲离世时的情景,就禁不住泪流满面。他在母亲的墓地种了一片小树。他希望这片小树长大后能够为母亲遮风挡雨,能够让母亲每天呼吸到新鲜的空气。此后不多天,一位朋友的父亲也去世了。一问病因,也是肺心病发作。朋友告诉他,县医院里接诊这种病的患者很多。每个月都有几个去世的。他专门去医院问了一次,医生告诉他,是空气出了问题,经常呼吸恶劣的空气就会得这种病。怎样才能根治?医生随口说了一句:"除非山上都种上树。"

肺心病与树有何关系?肺心病与树没有直接关系,但却与人呼吸到什么样的空气有关系。中阳境内矿产资源丰富,三分之一的国土面积上都有矿脉分布,有铁矿、煤矿、白云石矿……那些年,山上到处都在挖口子开矿,沟沟筑土炉炼焦,浓烟滚滚,异味弥漫。眼前的山在一座一座秃下去,山间的小溪都成了臭水沟……空气质量越来越差,恶劣的空气把越来越多人的生命夺走了。他把医生的那句话牢牢记在心里。种树。种树种树种树。既是人生的夙愿,也是他的梦想和追求。

种树。种树种树种树。他要通过自己的努力,把家乡的大山弄成他想象中的样子。一种信念和精神支撑着他,他才有了圣徒般的行为。种树种树种树。种树。往小了说他种树是为防治肺心病,不再让母亲那样的悲剧重演。可是,种树种到后来,他的眼界宽了,见识广了,种树的动因也渐渐变大了,大到超出赵盘庄,超出暖泉镇,超出中阳县,超出山西省,甚至超出国界了……他说,他种树为了娘临死时说的那句话之后,还要再加上一句:为了全人类。

很多人听了他的话,乐得前仰后合。可是,谁能说,他种的树跟全人类没有关系呢?他说他种的树释放出来的氧气可能随风飘到河南、陕西、湖北、湖南,也可能飘到日本、韩国。这不就是为了全人类吗?生态面前人人平等。空气不认肤色,不辨语言,不厚官员,不薄百姓。他种的树都是松树、柏树……得长一百年才能成材。他说，他种树既不是为自己准备棺材，也不是为儿子准备棺材。退一步说，就是为自己和儿子准备棺材，也用不着种10万亩啊！到底为谁呢？说着说着，他把自己也说糊涂了。他说他自己也不知道了。种树。种树种树种树。他说，他是个爱树如命的人。再过一百年、二百年，甚至一千年，人们拍拍树干说，这都是那个被称作"二杆子"的人种下的树。

"有这句话就足够了。"他说。

"有这句话就知足了。"他说。

种下一种精神

种树。种树种树种树。欠了一屁股债的被称作"二杆子"的人，还在青山垣上种着树。那里有他的梦想。不种树，毋宁死！人到了这步田地，谁也拿他没有办法了。每天鸡叫头遍，他就起床上山了，扛着锹，怀里揣着窝头，肩上挎着父亲转业时带回的军用水壶。种树。种树种树种树。

种树，种一天容易，种一年也不是很难。他一种种了二十年，不是种一亩两亩，而是10万亩，不是三株五株，而是2000万株，没有一种精神能种吗？没有一种精神能坚持下来吗？这个被称作"二杆子"的种树人的事迹经当地媒体报道后感动了千千万万的人。2008年10月，一位领导登上青山垣，他看到满山满岭的树后，感慨万千。他说："比山高的是树，比树高的是人，比人高的是精神。"此前，受原国家林业局局长贾治邦委托，原全国政协委员、原国家林业局副局长赵学敏来中阳调研时，在青山垣看了种树现场后，当场赋诗一首："青山垣上翠云深，一路颠簸见故人。风雨沧桑染霜鬓，光阴荏苒树成林。宏图初展岂言老，壮志小酬更献身。何日九州全绿化，欢天喜地作林神。"

绿色没有为他带来金子，却带来了荣誉，各种证书、奖状摆了一炕。县劳模、林业标兵、绿化奖章、绿化模范、全国五一劳动奖章……那年五一还被请到北京，登上了天安门，受到中央领导的接见。他还是吕梁市政协常委，山西省政协委员。政协会上，他常常语惊四座，发出与别人不一样的声音。

种树。种树种树种树。在经济上未能胜利的被称作"二杆子"的种树人，在精神上算是胜利了。毛泽东说："要使我们的河山都绿起来，要达到园林化，到处都很美丽，自然面貌要改变过来。要发展林业，林业是个了不起的事业，同志们，你们不要看不起林业。"

老人家下半句话可能忘说了——我在这里替老人家补充上吧："同志们，你们更不要看不起种树人。"

这个被称作"二杆子"的种树人，没有上过一天学，只是粗通文字。他不是律师，却常常帮人打官司。他不偏三向四，凡事讲个理。他爱憎分明，敢作敢当，豪情万丈，对破坏生态环境的行为从不姑息。这个被称作"二杆子"的人，不是个好村民，他脾气大，嗓门高，不安分，敢顶嘴，抗上级，当众骂过村长，也常惹镇长不高兴。这个被称作"二杆子"的人，不是个好丈夫，婆姨患上脑梗塞，七次病发，辗转吕梁、太原、北京住院就医，他没一次陪在身边。他在哪儿？他在青山垣上，他在种树。这个被称作"二杆子"的人，不是个好父亲，他16岁的女儿得急性阑尾炎，他去看了一眼，还没等做完手术，就急急地走了。他去干啥？他坐在装满树苗的农用车上去青山垣了，他去种树……种树。种树种树种树。现在的人一个赛一个的聪明，谁会干这种"二杆子"才干的事情。但我要说，在这个被称作"二杆子"的人身上有一种可贵的精神，值得我们学习。你可以不喜欢他，甚至讨厌他，但你不可以蔑视他种下的那些树，不可以对他种树的精神嗤之以鼻。种树。种树种树种树……20年种树不止，在这一点上，我们谁都不如他。有人说，他是沽名钓誉。

我倒要说，如果种树也能成为沽名钓誉的凭借，那么对这种沽名钓誉理应大力倡导和弘扬。我们种了几株树？为祖国为人民，我们尽了哪些义务？

这个被称作"二杆子"的人，有一颗慈悲的心。他说，你对山好，山也会对你好。然而，他不是个好村民，不是个好丈夫，不是个好父亲……他到底是怎样一个人呢？我一时陷入茫然和困惑之中了——他至少是个对山好的人吧。做好一个人，然后才能做一个好人。人之所以为人，就在于人在承担着改造世界的责任的同时，还承担着拯救自然的使命。现在的问题是，已经很少有人明白什么是人，人应该怎样去做了。我们发出的誓言太多，行动太少，甚至没有行动。他是一面镜子，照出了我们内心的斑斑污渍。对比他，我们是那么的虚伪和可笑，而他是那么真实，直率，一眼见底儿。

盼　头

种树的季节又要到了。

昔日的荒山秃岭怎么不见了？这就是青山垣吗？——这就是。青山垣浸在春光里，半山的松树柏树，半山的刺槐灌木。而石头裸岩呢，则夹在绿色与绿色之间了。山坡上也没什么人，像是连半个人也没有，只剩下春阳暖意散落各处。登上了面前的山岭，举目一看，那山岭后面还是山岭，层层叠叠的，也不很远，也不很大。石头压着的枯草里，冒出了绿青青的草芽子。那些芽子望去甚有张力，生命的趣味浓厚，鲜活不已。生长是一种力量，是任何东西都无法压制的。

山峦间卧着三五间房子的地方，就是他的"乔氏林场"了。山门是用松枝搭建的，一条山路蜿蜒着穿过那里通往青山垣的深处。我突然发现，实际上这个被称作"二杆子"的人的内心世界，极其丰富，充满善良和美的东西。他说，他的愿景是要把青山垣建成"生态教育基地"和"国家自然保护区",让将来的娃娃们知道,他们的父辈们是怎样保护和建设生态的。从小培养生态意识,爱护自然中的一草一木,一蝶一鸟。学会做人,做一个有爱心的好人。

种树。种树种树种树。新的一天开始了。青山垣早晨的太阳就像一个涨血的大圆球,一下一下拱出地面后,打了哈欠,带着夜的惝倦,再一用力,就升腾了起来。鸟雀照例是比太阳殷勤了许多,唧唧喳喳的叫声,此时早在林子里响成一片了。而林子呢,则用粗壮而有节奏的匀称的呼吸向青山垣提醒着自己的存在。绿色既需要空间的分布,更需要时间的积累。这都是早年种下的树,有胳膊那么粗了,树势很旺。乔灌草立体结构,初步形成了生态系统。一个春秋就是一个年轮,这个被称作"二杆子"的人,终于有了盼头。青山垣上到处是意外和惊喜,到处都是绿葱葱的松和柏。远看去,一棵树就是一个树的波浪,欢呼着卷上去,把尘嚣和功利也卷走了。从山顶看呢,远一处,近一处,深一块,浅一块,像一潭一潭碧绿的湖水。无风时,湖面纹丝不动,逢风起,满山满岭就温柔地拂动起来。

我们尽情地呼吸着,满鼻满口就都是松和柏的芳香了。漫步林间,那些松和柏依山微微地起身,似乎在用力拥抱着青山垣。树是有灵性的吗?面对此情此景,我们立刻失去了虚狂和浮华,如同进入了庄严的境界再也不敢多说什么了,只是提着脚步在枯草和落叶上轻轻起落。我们对这个被称作"二杆子"的人,肃然起敬了。而对"二杆子"这三个字,此时也有了别样的理解。种树。种树种树种树。"二杆子"哪里还有什么贬义,分明是一个符号,一种精神呢!

这个被称作"二杆子"的人名叫乔建平,山西省中阳县暖泉镇赵盘庄农民。种树。种树种树种树。20年来,他种树不止,共种了10万亩2000万株。

让我们向这位农民致敬!

老马和他的林子

◇ 杨奕萍

老马,原名马金娃,大家都习惯喊他"老马"。

每天早晨6点多,穿着护林员迷彩服的老马都会带着饮用水、干粮、巡山记录仪和巡山日记本,从平型关中心林场招柏管护站出发,沿着崎岖的小路向大山深处走去,开始他一天的巡山护林工作。

沿途遇到的当地山民,都会热情地用当地灵丘话和他打招呼:

"老马哎,哪下(去哪里)?"

老马也用地道的灵丘话回答道:

"绕甲绕甲(转一转)。

招柏森林管护区地处灵丘县的东南部山区,位于太行山北部、山西省与河北省两省交界处,是退耕还林、京津风沙源治理、太行山绿化及三北防护林工程建设的重点区域,生态战略位置十分重要。

这里层峦叠嶂，崖高谷深，交通极不方便。方圆100多里，沟壑纵横，碎石山路极其难走。

跟山民打完招呼，老马的身影很快消失在一片片茂密的落叶松、油松深处。

33年的林间穿梭，老马走遍了管辖近2.8万亩山林的每一个山头地块。每块林地的面积、位置、造林时间、生长状况，老马都了如指掌，甚至林内的每一条小路、每一道沟岔的分布，都异常熟悉。他简直就是招柏林区的"活地图"。

老马特别怀念以前的老区长胡亮。还记得1986年到招柏林区报到的第一天，林区只有胡亮和老马两个人。胡亮给他讲植树造林的意义。他清楚地记得胡亮说的每一个字："这些年，雨水少了，河水干了，风沙大了，都是因为山里的树少了。植树造林，可是造福子孙后代的大事啊。"

那一天，老马默默地跟在胡亮后面，进山了。

头一年秋天栽树，第二年春天就是辅幼阶段，歪的扶正，松的踩实。到了夏天，又要修枝、砍灌，小树苗在盘根错节的灌草丛里长不起来。秋天来了，照例是背着干粮进山，种树，种树。

五年后，1991年的夏天，胡亮外出巡山时，疾病突发倒在林地上，连句话也没留下，就离世了。老马还记得，出事前一天的晚上，胡亮躺在炕上和他念叨着："天太旱了，老不下雨，咱栽的树，啥时候才能长大成林啊！"

一个老护林人，就这样去了，无声无息。后来招柏林区就剩下老马一个人，每日孤独地在山路上行走着。他每天徒步巡山20多里，每年出勤都在350天左右，一年6000多里的山路，磨破了5双胶鞋底，相当于绕着山西省走了一圈。

有一年老马获奖了，有1万元奖金。奖金一下来，老马就用这些奖金给管护站买了树苗、镢头、劳动鞋。为了巡山方便，发现问题能及时赶到，老马用剩余的钱买了一辆和自己名字谐音的"金蛙"牌农用三轮车。

妻子知道后，红着眼，哽咽着数落老马："几十年我又当爹又当妈，大事小事我一人扛，老人生病，孩子上学你都顾不上管，好不容易有点奖金，你却又……老马老马，你就和树过去吧。"

老马耐心地跟妻子解释，森林防火工作有"四早"：早投入、早发现、早报告、早扑救。购买三轮车，就是为了"早发现"，争取"早扑救"的。他整天骑着三轮车在林区内崎岖的山路上巡查，尤其高火险期，更是天天上山，没有一时松懈。

在林区，没有比火灾更可怕的事情。

见到老马，我下意识地就问出口。

"老马，你在林区碰到过火灾，救过火吗？"

"有过一次，那是有一年的春天，晚上十一二点，从河北过来的大面积荒山野火，往招柏林区蔓延。听到火情通报，我抓起灭火工具就往林子里冲。"

"往火里冲的时候，你害怕吗？"

"着急大了，啥也不考虑。就怕林子被烧了。我用嘴咬着手电，照着的地方，用灭火工具一处一处地灭火。"

那场大火，老马会同河北的护林员，开出隔离带，防止荒火翻山越境。经过6个多小时的苦战，最后将明火扑灭，成功地将荒火阻隔在河北一侧，使招柏林区千亩林地免遭损失。

林区蜿蜒曲折的山路上，我看见多处大型水泥防火标语牌。标语牌高两米，宽三米，都是2003年前后老马自筹资金修建的。每块砖、每桶水、每袋沙子水泥，都是老马人工背运上来的。这样的标语牌共有6座，分布在山顶、山腰、要道、路口和树林密布的林缘地带，起到了很好的宣传作用。

粗略计算一下，即使不计人工费用，每座标语牌至少也得1500

元，6座就是9000元，大约是当时老马整整一年的工资。

为了让林区内所有村民都具备防火意识，老马自掏腰包，买了一台二手电影放映机，用他那辆"金蛙"三轮车拉着，翻山越岭，把山民们唯一的精神食粮送到各个山庄窝铺。在放电影的同时，放映宣传森林防火知识和有关政策、法规的幻灯片，让山民潜移默化地有了防火意识。

冬、春季是护林防火的重要时期，每到此时，老马更是坚守在林区，寸步不离。尤其每年的清明前后，火险高发时节，马金娃带着干粮水壶，干脆就守在山上。就这样，招柏林区安全渡过了每个火险高发期，建区30年来从未发生过一起森林火灾。

在林区，天天与树木打交道，看到一片片茂密的落叶松、油松像儿女们一样凝结着自己的心血和汗水茁壮成长，老马心里由衷地感到欣慰与自豪。

经过33年艰苦卓绝的造林护林，如今的招柏林区已是另一番景象。碧绿的落叶松和苍翠的油松郁闭成林，站在高处望上一望，微风过处，林涛阵阵，郁郁葱葱。野猪、狍子、狐狸、野兔、松鼠等常有出没，环颈雉、苍鹰、啄木鸟以及各种各样的鸣禽更是不计其数，还有国家保护动物豹子、雕鸮等也在林中栖息。

老马平时话不多，问一句，答一句。但是在林区，老马的话自然就多了起来。

"你看，这是我1986年种的油松，现在长得这么高，空气中都带着松脂的清香，夏天进到林子里，就是凉快。"

"柴火岭全是灌木，到那里巡查基本都得半爬着过，要是不熟悉的人进去准迷路。但那里最容易产生火灾隐患，必须一点点仔细看。"

"新栽植的小树最让人揪心，我总会多看几次，就怕有羊群经过。它们一过，小树的叶子全没了，这一年甚至好几年的辛苦就白费了。"

老马的眼里，心里，只有他的林子。

2016年春天，老马该退休了，场长来管护站看望他。就在大家以为辛苦了一辈子的老马终于可以歇一歇的时候，他却一脸严肃地恳请领导允许他继续留在这里巡山护林。他说："我不能走，这是我一辈子的心血，哪怕一分钱不挣，我也要守护好这片林。这样，我心里才踏实。"

我随口问，"老马，如果当时领导没答应你留下来的申请，你怎么办？"

老马听到这话，突然用双手掩住脸，大声地哭了起来。

这一刻，我的心里也特别难受。

足足过了好几分钟，老马哽咽着说："这三十多年，陪着这些树，我也想过，就是心里对这些树一天都放不下，他们就像是我的孩子，我还想继续留在这里看护他们，直到自己走不动为止……"

使命的载重

◇ 樊文裕

　　枝头的新绿,盎然着暖意的花开。在晨曦缭绕间,晶莹的露珠尚未散去,早起的鸟儿已经动跃在林间欢心放声歌唱,急速俯冲的雄鹰一声高亢倏忽拉升宣示着悍戾,伴随着山风吹过的松涛声,浑然如一曲美妙的交响乐。

　　山间的羊肠小径上,一串串细细的脚步声由远及近沁透着每一寸绿色,激起阵阵扰攘,林岚里出现的一张张黝黑脸庞分外昭着。他们身姿矫健迈着坚定的步伐,锐利的目光扫视着复杂的林况,他们打破了沉寂的树林,这是他们一天辛勤工作的开始,困意和疲惫在旖旎的风景中消失殆尽。

这是一群果敢以念为先、执着破浪奋进的人

　　他们来自五湖四海,带有各种方言的口

音，这是他们从遥远故乡带来的印记。他们有着不同的年龄，有刚刚成年的，有年过半百的，有年近花甲的，精致的衣服早已宽松没了型，稍显泛黄的衣领带着微微的褶皱，零稀的衣扣隐现在衣襟中，簇新的污渍沾结在衣角上。他们都有着同样的使命，同样的责任，远离繁华都市的灯红酒绿，一头扎进茫茫大山里，与风雨冰霜为友，与雾霭云霓相伴。

他们伴着启明星看日出，陪着长庚星看日落，住着窝棚吃着馒头，顶着烈日整地理墒。风中的沙尘随性地拍打着他们挺拔的身躯，眯眼揉擦的泪痕固执地爬存在他们黝黑的脸上，嚼起来"嘎嘎"响的尘土顽强地苟活在他们干涩的嘴里，磨起的老茧肆意地揉搓着他们挑担子水的双肩。他们挂镐休息片刻，向上撸撸袖子，此刻的劳困再一次随着尖镐有节奏的摆动烟消云散。他们在干石山区、黄土丘陵、盐碱地上播种下了一粒粒充满希望的种子，栽植下了一棵棵充满生机的幼苗。他们在人迹罕至之处，奉献着青春，挥洒着汗水，培育了绿色的萌芽。

他们像母亲一样，如父亲一般，把每一棵树木，每一片森林都视如珍宝，像对待自己的孩子一样，知冷知热地疼爱。天冷了怕它们冻着，赶忙帮它们"穿衣"，生病了怕失去它们，赶忙给它们"治病"；天热了怕它们渴着，赶忙给它们"喝水"。他们在群山峻岭之间，坚守着阵地，履行着使命，用血汗呵护着这片绿色的希望。

他们像执勤的战士一样，一丝一毫不放松。他们可能有烟瘾，但在岗位上，口袋里绝没有一撮烟草、一个打火机；他们不带书报、不看手机，不是不爱看，洞察秋毫才能保证防患未然。他们在平凡的岗位上，甘于寂寞，一丝不苟，用行动诠释着这份神圣的职责。

他们像战场上的骁雄一样勇斗火魔，或头顶烈日，或披星戴月，跨沟壑、钻密林，逆火而行，风餐露宿，与不利条件抢时间，与熊熊烈火争空间，炭黑的脸上看到的只有一唇白齿。他们在熊熊火海前，

英勇无畏，无私奉献，用生命感化着这份痴爱的力量。

这是一群甘于平凡之路、决然韧如磐石的人

不管是烈日炎炎的盛夏，还是朔风凛冽的寒冬，不管是晨曦微露的黎明，还是夜阑人静的深夜。他们负重前行在蜿蜒起伏的山路上，不论步履如何蹒跚，每一次前行都充满力量；他们不怕隐蔽的蚊虫肆无忌惮的叮咬；不怕突然崩落的石头阻挡了前进的道路……

他们都不会忘记第一次巡山的经历，不会忘记返回驻地时那血肉模糊的双脚，不会忘记那伤痕累累的身躯，更不会忘记那份倦怠至极的煎熬；不会忘记一次次与死神擦肩而过的经历，不会忘记差点跌落悬崖的惊险，更不会忘记毒蛇咬伤的危急……

他们高兴的时候，只能以水代酒，以馒头代肉，吃着咸菜，畅饮抒怀，或在山间林道尽情地奔跑一段，酣畅的汗水、急促的心跳、喘息的声音无不挑逗着欢快的神经；或对着大山唱一首清耳悦心的民歌，山谷中久久震荡的回声正是内心喜悦澎湃的延续。

他们想家的时候，一本书不知阅了多少遍，一封信不知读了多少次，一个话题哽咽相诉不知聊了多少回，多少次拿起电话又放下，断续的回话，喂喂的呼喊、嘟嘟的忙音掀起的是更绵长的牵念。湛蓝天空中腾起的朵朵白云似一幅幅画面承载了回忆，寄托了相思——回家时母亲在家门口的翘首远望，相聚时妻儿围在游乐场的欢声笑语，离别时父亲在车站的抹泪揉眵，也许这份思念会随着云朵带回到家人的身边，这可能就是也许……

他们惆怅的时候，树木和花儿会耐心地倾听着他们讲不完的故事；叽喳的鸟儿，欢快的小鱼，勤劳的蚂蚁会忙碌地搬运着他们的喜怒哀乐。困境中的坚强、逆境中的博弈点燃了激情，他们热血澎湃全力以赴。他们不敢放慢脚步，更不敢停留，因为前方还有更远的路、更广的空间在等待着他们。

他们迷茫的时候，面临抉择时的艰难，他们也动摇过。面对妻子的责怨，孩子陌生的回应，双亲渐衰的身体，自己却无暇顾及；面对聚会上同学们的光鲜亮丽、谈吐自如，自己却只能躲在角落里支吾应对；面对繁华街市上路人率性的吃喝玩乐，自己却只能转身离去，有懊悔也有遗憾。他们见证了一棵棵小树吐绿成林，救助的动物回归自然前的依恋不舍。眼前的绿色就是人生道路的航标，指明了前进的方向。他们那颗躁动的心归于静谧，立志用行动闪耀一颗平凡螺丝钉的光辉，证实是金子到哪里都会发光的哲理。

这是一群纠于初心为影、坦然承担使命的人

他们守得云开见月明，带着一份内心的坦荡与毅然。不管前方是风是雨还是晴，他们深知这里的一切唯有有心人去坚守，用心人去呵护。面对愤怒与不解，他们坚定的目光比日光更深邃，比火光更灼热，比星光更璀璨。当那双饱经沧桑的手最终被家人紧紧握住的时候，此刻的理解抹去了多年浸湿的手汗，融化了心酸的泪水，不是因为艰辛，更多的是因为幸福。一切的辛苦，一切的努力，都在这一刻涣然冰释。

他们执着坚守向阳光，畅然间博得明朗如音于漾意。繁复而单调似缕缕清风，虽不急促，却一直柔和绵延。即便白皙的皮肤早已变得黝黑，一道道伤痕肆意在身上刻画，一个个老茧倔强在手上留痕，本该细心呵护的脸庞尽显沧桑，信念就此绽放，焉以扎根斐然。他们一言不发，用衣袖抹去额头的汗水，踏走在厚厚的腐殖层上，孤独的背影写满了任性，脚下的每一步都是新起点，留在身后的是不悔的初心，彰显的是使命的载重。

他们相守信念在清然，向前的魄力如暖泉携流芳华。一声声的质问，一句句的责备，这并不是他们就此放弃的理由。紧握的拳头是他们坚贞不渝的自信，满面的通红是面对作恶时的愤怒，冲前迈

进的每一步脚印是信念间踏上的无悔人生，林间残断的树枝是与罪恶斗争时留下的痕迹，身上明晰的伤疤是他们执着奋进中划过的一道印痕。他们的身体力行隽永而深刻。

他们肩负使命，职责长秉于心。他们爱上了这里，将自己的生命与林区血脉相连。他们把林区的每一棵树，当作自己身上的一个细胞。

花开花落、冬去春来，破旧立新、永葆活力。他们的品行犹如耀扬大地的光辉，宛如烙下的炙热印记，从不曾因在平凡中坚守，于普通中执着而被忽视。泥泞曲折是他们踏上的荆棘，澎湃内心是他们坚守的源泉。坚若磐石的韧劲，无悔不逾的拼搏，不惧风雨的飘荡，他们的步伐从未停歇。他们用青春点染群山，用汗水书写风流，用自己的全部守护着绿色。

大山问他们，愿意留下来吗？他们点头致意。

森林问他们，愿意留下来吗？他们目光坚定。

他们究竟是一群什么样的人？

他们用希望的种子唤醒沉睡的绿色，他们把耀扬的光芒融进绿意的四射，他们用青春的旋律演绎奋进的音符，他们把使命填满无悔的选择。他们不仅是一个代名词，他们是最可爱的务林人。

作者简介

樊文裕　出生于1988年3月，自参加工作以来，扎根基层，对林业知识进行过系统化专门化的学习，对基层林业工作有着特殊的感情，有其独特的见解和认知。2018年3月在黑龙江教育出版社出版，书籍《林业生态建设科技与治理模式研究》并在国家级和省级期刊发表论文多篇，对生态文学创作有着浓厚的兴趣。

文峪河之源

◇ 冷　杉

"交城的山来，交城的水，不浇那个交城浇了文水……"一曲脍炙人口的山西民歌《交城山》，唱尽了几百年来交城人的心酸与无奈，也唱出了文峪河流域的地理方位和走向。歌中的"交城山"即关帝山，"交城水"即文峪河，"不浇那个交城浇了文水"是说文峪河水从关帝山上流下来，由西北向东南一路流去，第一个受益的不是交城县而是"近水楼台"的文水县，浇灌出了中国历史上第一个女皇帝武则天。交城人心里不服。还好，几百年后，文峪河总算为家乡人民做出了大贡献，浇灌出了一个党和人民都不会忘记的大人物华国锋，交城人的心里这才算平复了一些。

文峪河，汾河最大支流，河流全长155千米，流域面积4112平方千米，分为高山区、边山丘陵塬台区和平川区3类地形，其中山区3203千米，占78%。据1959年实测显示，汛期径流量为 1.11 亿立方米，最大洪峰流量为每秒 1751 立方米，冬季 12 月至 1 月为结冰期，属于暖温带大陆性半干旱气候区。据统计，文峪河水库区年最大降水量和最小降水量比值为 2∶4，山区大于平川区，年内降水不均，6 至 9 月份的降水量占全年的 70%，个别地区日降水量曾出现过 300 毫米以上。

历史上的文峪河是条易怒的河，非常的野性，经常借助暴雨的威力泛滥成灾。据关帝山林区志记载：明永乐十年（1412 年）六月，交城城西浑水（文峪河）与塔莎水泛涨，冲圮城垣；明嘉靖三十二年（1553 年），交城"六月暴雨，移时沙河水突至，冲坏东门桥、东城垣，城内水深三尺。"文水（文峪河）"文峪（河）、汾河俱徙"；明万历十六年（1588 年），交城"六月大雨，文谷（文峪河）水浪三丈，冲没田庐人畜无算"；清乾隆二年（1737 年），交城"夏大雨，平地水深尺余，文水（文峪河）溢，禾皆漂没"；清嘉庆七年（1802 年），夏，汾州麦大熟。七月，阴雨连旬，文峪河水溢；清道光二十二年（1842 年），汾水西旋入汾州境，与文水（文峪河）合，淹没村庄农田……

然而，文峪河有它易怒无常的一面，也有它温顺厚道的一面。据记载，唐武德二年（619 年），汾州刺史萧凯引文（文峪河）水南流入汾河，以资灌田；贞观三年（629 年），文水县凿栅成渠，民相率引文谷（文峪河）水，灌田数百顷；开元二年（714 年），文水县令戴谦"开甘泉渠、荡沙渠各二十五里"，引文（文峪河）水灌溉文水县开栅镇、交城县广兴村一带农田数百顷，并"开灵长渠、千亩渠引文谷（文峪河）水灌田数千顷。"

不仅如此，元代又将文水县甘泉渠延伸至交城县西石侯村一带，进一步扩大了灌溉面积。清末民初，文峪河共有浇地渠道 20 多条，灌溉面积约 11 万亩；到 1949 年，文峪河浇地渠道增加到 50 多条，灌溉面积也上升到了 20 多万亩。

1949年以后，沿河各县先后建立了水利机构。1953年成立了文峪河水利委员会，对全河段进行了4次综合治理，在中游建成文峪河水库枢纽工程，在下游建成了几座小型水库。"十一五"期间又在上游建成柏叶口水库和文峪河湿地公园，为文峪河提供蓄水、引水灌溉、旅游观光和野生动物保护，起到了重要作用。据统计，水库自1961年拦洪蓄水以来，拦蓄致灾洪水11次，引洪水27.4亿立方米，灌溉面积增加到1.33万公顷，包括两岸的交城、文水、汾阳和孝义4个县、市的广大人民群众受益。

除此以外，文峪河还是山西省黄土高原上所有河流中含沙量最低的一条河流。

行文至此，文峪河算是吊足了我的胃口，对于文峪河，有几分敬仰，又有几分神秘。那么，这样一条历史悠久、易怒易温、身处黄土高原却河水清澈的河流，它的源泉在哪里呢？哦，在交城县、文水县西北关帝山区中心地带方圆百里、由数十条沟谷组成的庞泉沟。不用问，那里一定是个天堂般美丽的好去处。于是，在我决定去黑茶山访绿之前，就做好了来文峪河之源庞泉沟探秘的准备工作。

6月29日下午，也就是离开黑茶山林局南阳山林场的那天下午，黑茶山国有林管理局天保公益林管理科科长李建龙送我到文峪河之源庞泉沟。

黑茶山林局的南阳山林场距离文峪河之源庞泉沟很近，汽车一路向南，一个多小时便进入庞泉沟自然保护区。汽车先是上岭，路边高山峡谷间树木林立，大森林气息扑面而来，增添了许多的激动和惬意。在岭顶一处平坦处，一只猕猴大摇大摆从车前走过，一点不怕人、不怕车。建龙兄弟说，猕猴属于群居动物，很少自己单独出来觅食。文峪河之源原来没有猕猴，这些猕猴是他们从山西省东南部中条山的蟒河自然保护区引进来的，野外放养繁殖成功后，猴群就经常活动在前面的大沙沟里。

为了赶路，尽快与关帝山林局领导接头，我们没有在岭顶停留。汽车继续沿穿区 320 林间公路南下，二十几分钟后来到庞泉沟自然保护区院内。与关帝山林局领导短暂沟通之后，就匆匆与建龙兄弟告别，随关帝山林局办公室主任张昊和保护区森警兼标本馆管理员李春淋等一行，走进保护区。

第一站，我们来到大路岇，感受到了文峪河之源的整体美感。

大路岇是 320 省级公路通过这片林区的最高处，也是这片林区的分水岭，文峪河水从这里东流入汾河，北川河从这里西流入黄河。这里的地势相对平坦，路西是一处小型停车场，供人们随时停车休息、欣赏风光。路东百米高地处，有一座四层仿古式砖塔。张昊说，过去网络通信不发达时，此塔专为防火瞭望之用，现已成为视野开阔的观景台。

我们走进塔内，沿旋转塔梯上到 4 层平台，整个林区尽收眼底，令人心旷神怡。环顾四周，重峦叠嶂，奇峰耸立，林海莽莽。李春淋指着远处森林中泛两种颜色的区域说，呈灰绿黄浅颜色的区域是针叶树区域，呈墨绿浓深颜色的区域是阔叶树区域。我看过去，发现呈灰绿黄浅颜色区域的树木普遍比呈墨绿浓深颜色区域的树木高出一头。李

春淋说，那些多半是云杉和华北落叶松，别的树长不了这么高大，也没有这般景色。参照伴塔而生的云杉、华北落叶松，我说，得有二三十米高吧。李春淋说，不止，一般都在三四十米以上，最高的可达六七十米。哦，简直就是个小长白山！东山里我去过，那里的树木密实、高大，普遍比北山里的树木要高，这里的情况跟那里没什么区别。

张昊说，这里的森林植被划分为3个功能区域：即核心区、缓冲区和试验区。各个功能区域在法律上都有明确规定，核心区域实行严格的保护措施、禁止任何单位和个人进入，缓冲区域可以有选择、有限制的少量进入，试验区域可以开展科研、旅游、生产活动等。我们所在的区域就是试验区域，我们看到那边不同颜色的区域则是核心区域。你看，那边除了几处裸露的悬崖绝壁，其余全是森林和植被，这里的森林覆盖率高达86%，而植被覆盖率则高达95%以上。

我索性向南望去，一带翠绿远山，山梁起伏变化，奇景天成。突然，我发现山体变化处俨然如一位仰卧着的美女：长长的睫毛、挺挺的鼻梁、飘起的秀发、丰满的胸部、细窄的腹部，均惟妙惟肖、活灵活现、俊俏美丽……张昊说，这就是文峪河之源著名的标志性景点之一"睡美人"。啊，太漂亮了！我不由得沉浸在这大自然的神奇梦幻之中，被大自然的鬼斧神工所陶醉，久久不肯离去。

第二站，我们来到大沙沟，感受到了文峪河之源的山水灵性和动物世界。

大沙沟位于观景台下向东延伸3公里。张昊说，沟底的这条河流为文峪河正源。我很好奇，问正源的源泉在哪里。张昊说，文峪河之源没有源泉。因为关帝山属于花岗岩、片麻岩地质结构，地下水资源极其缺乏，整个大沙沟找不到一眼山泉，是这片大森林浓密的枝叶阻挡了雨水，厚厚的植被层缓解了雨水对山体表面的冲刷，雨水滴落在松软的腐殖质土层上，慢慢渗入到山体土壤中，且大沙沟山体土壤中多沙，山坡形成地表性径流的可能性比较大，大面积的地表径流分别从各自的山坡汇入沟壑，成为数不清的山间小溪，无数条小溪汇入沟底，就形成了文峪河的源头水。

大沙沟河两岸植被繁茂，空气清新，华北落叶松、云杉、山杨、白桦等密布，巨树高耸，有3棵华北落叶松并排生长的奇景，恰如合力支天柱，给人以奋发向上的力量；还有形似宝塔的华北落叶松古树，独木成景，昂首矗立，表现了关帝山人坚强不屈的性格特征。

这里既是树木的天堂，也是野生动物的乐园，世界珍禽褐马鸡就栖息在这里。沟口左侧的宣教广场一隅，一个长几十米、宽近20米、面积达1500平方米的钢架铁丝网大棚，进入我的视线。张昊说，原先里面饲养着五六十只褐马鸡，现在挪到八道沟里面去了。但我还是通过棚内的乔灌花草等自然环境的设置，感受到了关帝山人深谙褐马鸡近自然生长的规律。

这里的人们珍惜这片森林，自觉保护这里的鸟类已成为习惯。路上，李春淋讲了几件警民合力救助鸟类的事情，令我感动。

李春淋说：在我们保护区周边，经常会有村民向我们保护区野生动物救助中心报案。不管什么时候报案，我们都会在第一时间赶到报案人面前。

去年6月30日，接到白虎岭林场报案，林场作业工在山上施工时捡到两只幼鸟，看嘴型好像是国家保护动物鹰类，但叫不出什么名字。我们赶到后确认，是两只雀鹰幼鸟。雀鹰属我国二级保护动物，以鼠类、小型鸟类、昆虫为食，对维护林区生态平衡起着重大作用。经我们仔细检查，未发现身体有外伤，但由于年幼，还未具备飞行和独立生存的能力，必须要通过一段时间的饲养以及训练，才能回归自然。于是，我们将两只小雀鹰带回救助中心，放在宽敞的大笼子里，每天按时喂它们鸡肉、小鼠和鸟类的食物等，定时测量它们的健康状况，两个小家伙长得很快。一个多月以后，在大家的目光和掌声中，两只小雀鹰展翅高飞在森林上空的蓝天上。

今年4月22日，接到西葫芦林场报案，说是当地村民收养了一只'怪鸟'，伤势严重，寻求救助。接到报案后，当地派出所民警与我们共同赶到报案人家里，隔着铁笼，我们认出是一只秃鹫。村民说，那天他进林子正走在山脊路上，猛听到路旁有尖厉的嘶鸣声。他循着声音看过去，发现一只狐狸正跟这只'怪鸟'对峙呢。狐狸围着'怪鸟'打转，伺机偷袭，'怪鸟'扇动翅膀却无法飞行。村民觉得奇怪，就上前将'怪鸟'抱回家，收养起来。平日里，喂些牛肉、牛骨肉什么的，但由于没有饲养经验，不敢久留，这才报了案。经我们仔细检查后，发现秃鹫翅膀两肩有严重擦伤，裸露流血。于是，我们拉回去全力救治，每天悉心投食喂水，查验伤情。不久，秃鹫伤口结痂，长出新羽，5月10日那天在八道沟森林的空地上将它放飞。

还有，今年的6月1日，接到一村民报案，说他在庞泉沟镇双家寨村，发现一只不会飞、不知名的鸟。我们立即赶往现场，发现该鸟身体大部呈灰色，长脖颈，嘴尖长，断定为苍鹭幼鸟。苍鹭是一种大型涉禽，体长可达1米多，栖息于江河、溪流、水滩等水域岸边，以鱼虾、昆虫等动物性食物为食，林区水域常见。对幼苍鹭检查身体，未发现受伤，猜测应是从树上的巢内不小心掉下来，回不去了。于是，我们就将它饲养保护起来，待其成长到具有飞行能力及野外生存能力时再进行放飞。

边走边听，不由得对这里的人们产生无限敬意。是他们关心这片山林，珍惜这里的鸟类，才有这里的生态平衡，才有文峪河水的澎湃澄清。"那，你们平时总在森林里转，就没有碰到过危险情况吗？"我问。李春淋说："经常碰到，比如野猪和中介蝽。"野猪我知道，北山里和东山里多得很，幼猪和群猪碰到也不要紧，就怕碰到孤猪。孤猪一般都是公猪，有多年的"战斗"经验，将身体两侧用松油蹭得如钢板一般，两颗大獠牙敢与任何动物宣战。在东北林区流传着一猪二熊三老虎的说法，就是说野孤猪是森林中最凶猛的动物，连黑熊和老虎都怕它三分。李春淋说："对，我们这儿也这么说。""中介蝮是什么东西呀？"我忽然想起来问，李春淋说："是蛇，是我们这里非常有毒的一种蛇，沟谷向阳地段的林缘、草丛、道边常见。但还好，野生动物有一个共同的特点，你不主动招惹它，它绝不会主动攻击你。因为我们平时都视野生动物为朋友，像对待家人一样对待它们，所以每次碰到时都相安无事，这些年来没有一起恶性事件发生。"

在大沙沟，我们还拜访了"龙泉飞瀑"和"三叠瀑布"，感受到了文峪河之源这一股清莹明澈之水，左折右拐、龙飞凤舞、忽上忽下、分流旋转后，欢快地流过巨石而飞珠溅玉、熠熠生辉的瞬间。

第三站，我们来到八道沟，感受到了褐马鸡的魅力，听随行人员讲森林保护的故事。

八道沟沟深林密，沿林路纵深行走6千米，有一片郁郁葱葱的原始森林，青色的华北落叶松高大挺拔，树冠直插云天，树龄大多在百年以上。这片林木非常茂密，林中灌草极少，莎草铺满林地。张昊说，这里是华北地区林相保存最为完好、生长最为整齐的华北落叶松纯林，亩均木材蓄积量高达50立方米以上。虽然这里被广泛称之为"原始森林"，但是它并非科学意义上的"原始森林"，而是天然次生林，是经过次生演替更新恢复后的天然林区。

在八道沟内，有一片折页式倾斜石壁，上面坡陡石滑，土草不见，却在石缝中长出上百株翠绿云杉，最高者6米有余，最低者也在3米以上，秀美异常，直插云天，望之肃然起敬，人送雅号"石壁垂青"。

距离八道沟沟口不远，有一小片高山草甸，草木植物种类较多，内中有观赏花卉铃兰、薹草、紫斑风铃草、翠雀等，均五彩缤纷、绚丽多姿、花香诱人。这里四周围绿荫森森，甸中溪水长流，空气清新，气候宜人，形成了一处独特的森林湿地小气候，为人们呈现出典型的高山草甸多样性。张昊说，云顶山神尾沟草甸比这片更大、更平坦开阔，那里花儿的颜色蓝、紫、红、白都有，种类十分丰富，蔚为壮观，如诗如画。

过了沟口草甸，就是前些天从大沙沟移过来的照原样建造的褐马鸡饲养大棚。李春淋说，褐马鸡的天敌很多，在大沙沟饲养时有五六十只褐马鸡，搬到这里以后，被青鼬咬死十来只，把我们心疼的呦！后来，我们加密了大棚网孔，青鼬咬死褐马鸡的事件再未发生。实际上，对褐马鸡的保护，可分为就地保护和迁地保护两种。就地保护就是在栖息环境中进行保护，迁地保护则是在人工手段下进行保护。目前，我们主要采取就地保护方式进行保护。

褐马鸡饲养大棚的对面，设有褐马鸡文化长廊。长廊里有褐马鸡知识图文版面，以小故事的形式系统介绍了褐马鸡的主要威胁、致危原因、天敌控制、科研监测和人工养殖、养殖难题、生境改造及"再引入"研究等。

我正在观看展板，李春淋突然叫我，原来有两只褐马鸡靠近了棚边，给了我们一个近距离观察世界珍禽的机会。

我赶忙掏出手机，迅速拍下几张珍贵的照片和一段难得的影像。

张昊说，为了切实保护好这片弥足珍贵的森林资源，巩固林业生态建设成果，关帝山林局在22个有林单位建立了62个管护站，共划分森林管护责任区293个，聘用一线管护员293名。按照"局、场、站、员"的不同职责，签订"三书三状"，建立管护小班台账，要求管护员按小班逐个巡护，把管护任务细化、量化到人头地块，做到管护责任清单化、管护模式精细化、处罚办法货币化、监管追责一体化。还在主要路口、重点路段、重点区域安装了8套视频监控摄像头，探索建立起沟口站点电子眼监控、区域GPS巡检和沿沟山地自行车巡查相结合的"三位一体"管护监控网络，大大提升了监控和管控能力，形成了"全面布防、多路宣传、联合巡护、立体监控"的森林资源监管新格局。同时，各林场、管护站均设立天保档案专柜，责任区基本情况、责任人管护职责、巡山日志、管护平面图、管护责任书、合同书等管护档案完整齐全，按类别和年度分订成册，每册建立详细查阅目录。为了及早发现森林资源破坏动向，将破坏森林资源事件处理在萌芽状态，林局在每个有林单位聘任了一名森林资源监督员，参与森林资源监督管理工作，进行动态跟踪，一旦发现破坏森林资源现象和管护人员失职情况，监督员会第一时间上报单位和林局，进行及时处理。这些森林资源监督员身兼宣传员、信息员、监督员三重身份，成为林区一支强有力的森林资源监管队伍。

李春淋说："我们平时除了保护和救助林区的野生动植物外，还有一项重要任务，那就是防火。每到森林防火期，保护区各管护站和辖区各村庄的防火检查点都严阵以待，人员统一着装迷彩服，戴护林防火袖标，严格登记过往车辆，并向群众发放防火宣传资料，营造警民联防浓厚护林防火氛围。各有关单位联合组成宣传队，出动宣传车，在林区内外和辖区各村庄大力宣传护林防火，采取宣传车巡检、音响广播、张贴标语、发放宣传单和防扑火手册等方式，提高群众的护林防火意识。有的村还别出心裁地利用锣鼓表演的方式吸引更多群众，提醒农忙时要注意安全耕作，避免野外违规用火，将'人人参与、人人防火'理念贯彻落实到每一个人的心中，效果相当不错。"

第二天早晨，星期日。在保护区管理局院内的宣传栏中，我偶然发现一诗一赋，觉得挺有意思，现录于此，与大家分享。

诗中赞美了文峪河之源的"十大奇景"，由山西国际文化交流书画院黄克毅先生所作：

驱车迢递走庞泉，浓荫蔽日绿云幡。
孝文古碑无字迹，高山草甸色斑斓。
三峰并立成笔架，文源落霞赏翠峦。
珠玉垂帘飞白雪，清冽如怡润心田。
苍松巍然形似塔，夕照天门起岚烟。
台僧点化雄狮石，安卧林海万斯年。
翁孙恪守生妙意，松杉夹道褐鸡喧。
珍禽异兽看不足，游目骋怀作此篇。

诗好景好，但稍感美中不足，如果再把"鬼斧神工生育地，活力四射睡美人"两句加进去，就完美无缺了。

赋中高度赞扬了褐马鸡勇猛好斗、置生死于不顾的"行伍"性格，由三国时期著名的曹魏诗人、文学家、建安文学的代表人物曹植所作：

鹖之为禽猛气，其斗终无胜负，期于必死，遂赋之焉。
美遐圻之伟鸟，生太行之岩阻。体贞刚之烈性，亮金德之所辅。戴毛角之双立，扬玄黄之劲羽。其沉陨而重辱，有节侠之仪矩。降居檀泽，高处保岑。游不同岭，栖必异林。若有翻雄骇逝，孤雌惊翔，则长鸣挑敌，鼓翼专场。逾高越壑，双战只僵，阶侍斯珥，俯耀文墀；成武官之首饰，增庭燎之高辉。

愤怒出奇文，曹植之所以极力赞美褐马鸡，恐怕也有可能是借褐马鸡习性，抒发自己心中对其兄曹丕的不满情绪，并存有斗之必胜的坚定信念也未可知。

第四站，我们走进保护区院内的标本馆，全面了解了文峪河之源动植物的整体概况。

标本馆里灯光绚丽，分上下两层。动植物标本共有1650种3900件，其中鸟类标本161种340件，兽类标本27种56件，两栖类标本4种7件，昆虫类标本1000种2761件，植物标本300种730件。这里收集的鸟类种类达到了本区资源种数的80%以上，占到了山西省动植物种类的50%。

大家静默地看着眼前的动植物标本，听李春淋为我们作详尽的解说。李春淋说，文峪河之源是珍稀物种的集中储源地。这里有国家一级重点保护动物5种，包括3种鸟类2种兽类：鸟类除褐马鸡外，还有金雕和黑鹳；兽类是金钱豹和原麝。国家二级重点保护动物有25种，一种兽类为青鼬，24种鸟类有鸳鸯、猎隼等猛禽。国家珍稀植物种类有3种，分别为刺五加、核桃楸和黄芪，都属于渐危种，为国家三级重点保护植物。

这里还有山西省重点保护野生动物16种，鸟类有苍鹭、金眶鸻、四声杜鹃、小杜鹃、普通夜鹰、冠鱼狗、蓝翡翠、星头啄木鸟、中头伯劳、黑枕黄鹂、褐河乌、贺兰山红尾鸲、红腹红尾鸲、红翅悬壁雀14种；兽类有小麝鼩、刺猬2种。野生植物有5种，分别为：宁武乌头、山西乌头、党参、红景天和文冠果。

此外，这里还有数量丰富的野猪、狍子、野鸡（雉鸡）等多种经济动物和 300 余种中草药植物，构成了十分丰富的生物多样性群体，为森林生态系统的建立提供了资源保障。

第五站，我们走进柏叶口水库，感受到了文峪河湿地公园的魅力和充满希望的文峪河漂流。

沿 320 穿区省道奔文水、交城、太原方向一路下行，文峪河之水千回百转，随着水势的落差，河水漂流业已兴旺发达。虽说今年春夏季水小，但也不乏勇敢者踊跃一试。

文峪河水一路欢歌，10 千米的漂流河段风光旖旎、群山环抱、重峦叠翠；伟岸的松柏、优雅的白桦，勾勒出一幅动人心弦的美丽画卷；清莹的文峪河水从山上下来，欢快奔腾，飞溅起层层浪花，撒下串串音符，弹奏出一曲曲人间仙乐。数不清的大小清溪汇聚到一起，奔流倾泻，为河水漂流创造了得天独厚的条件。

张昊说，这段河上下落差 130 米，平均水深 0.8 米，漂流时间为两个半小时左右。近年来以其参与度高、体验性强、落差大、水量足、行船急而成为华北地区最具刺激性动感、时尚、新潮的水上运动娱乐项目，被誉为"华北第一漂"，时刻迎接着任何想走近它的客人。

文峪河漂流河段紧邻 320 省道，出山就到了文水县和交城县，距离山西省会太原市 120 千米，距离周边市区吕梁、忻州、晋中、介休、阳泉等均在 200 千米左右，外围与 307 国道、青银高速公路、太佳高速公路、大运高速公路相连，位置优越，交通便利。漂流河段沿途有急流险滩，又有漫池碧潭，漂流其间，会让人体会到有惊无险的轻松、安全好玩的刺激，真正体验到"仁者乐山、智者乐水"的情趣。

文峪河湿地公园，引起了我的好奇。张昊说，文峪河湿地公园建于 2012 年，北起文峪河之源的山水村，南至柏叶口水库，由河流湿地、沼泽湿地、库塘湿地及部分水源涵养林地组成。公园内分为湿地保育区、恢复重建区、宣教展示区、合理利用区和管理服务区，有留鸟43种、夏候鸟54种、冬候鸟13种、旅鸟54种。公园内植被保存完好，有林地湿地植被、灌丛湿地植被、苔草湿地植被3种类型，低等植物包括藻类植物、菌类植物、地衣植物和苔藓植物等15种，高等植物有246种，植物种类合计达301种。

说着话，我们的汽车在柏叶口水库边停下来。水库呈三岔形走向，岸边松柏沙滩，清爽干净，库水如一块碧绿的美玉卧于山谷之间，水质清澈见底，周边山势连绵、群山拥翠，坝内水平如镜，坝外田园山庄，蓝天白云、青山碧水相映成趣，呈现出一派人与自然和谐的繁茂景象。

柏叶口水库由大坝、溢洪道、泄洪发电洞和电站组成，大坝为混凝土面板堆石坝，坝高88.3米，坝顶宽10米，坝顶长296米。左岸布置305.5米长溢洪道。大坝上游约210米处左岸，布置全长692米泄洪发电洞，洞径5米，坝水从洞径口喷出，景象十分壮观。

张昊说，柏叶口水库是城市的生活用水和工业用水的一级水源地。供水区包括文水县、交城县、汾阳市和孝义市，总供水量为8737万立方米，同时利用水库供水进行发电，年发电量为978万千瓦时，产生了显著的经济效益和社会效益。

匆匆的两个半天，文峪河之源探访告一段落。汽车驶出大山，回首文峪河之源，仍觉回味无穷。美丽富饶的关帝山，热情豪迈的关帝人，给我留下了深刻的印象。这正是：

庞泉沟沟沟串玉带，不雨林自润；
关帝山山山铺珍珠，多树水自清；
文峪河河河水与共，造福群乡里；
两岸村村村披锦绣，受益被恩荣。

2019年7月写于北京和平里一枝斋

碛口枣事

◇ 李青松

柳条簸箕里晒的是红枣。
柳条笸箩里晒的是红枣。

红枣，红枣，红枣。阳光下的红枣，弥漫着淳朴、绵润、甘醇和黄河岸边特有的气息——这是碛口家家户户窑洞门口的一景。碛口的农家一年四季日日晒枣哩。某日，我蹲在窑洞门口，双手从笸箩里捧起一把红枣，然后慢慢丢下去，三个枣，五个枣，两个枣，一个枣。复捧起，复丢下去，四个枣，两个枣，三个枣，一个枣。反复几次，每次都不一样，我禁不住笑了。红枣，已经晒得红红，但是碛口人，还是每天要晒枣，就像饱满而幸福的日子越晒越红呢。

一个面如干枣的人来到碛口，瞪大惊诧的眼睛。这个面如干枣的人叫吴冠中。吴冠中说，他一生有三大发现，其一是……先生

没说；其二是，先生摆摆手，话到嘴边了却还是没有说出口；其三呢？先生说在山西发现了碛口。他说："这样的村庄，这样的房子，就是走遍世界都难找到了。"瞧瞧，碛口，对于这位享誉世界的画家来说，是多么的重要。也许，正是碛口的窑洞和红枣使先生获得了某种重要的灵感和启示，悟出了生命的另一种意义。

吴冠中来碛口的时间是 1989 年 10 月。这个季节，该收获的都收获了，树叶也都落尽了，只是枣树上还有零星打剩下的枣子。多年后，吴冠中创作了一幅国画《枣树》。先生画的不是那种枣子挂满枝头，农人喜气洋洋收获的情景，而是两棵虬枝横生的枣树，并排站立在苍茫的穹宇之下，风骨凛然——这幅画显然具有特别的意味哩。

他在那幅画的空白处还写了一行小字："故人风格老枣树"。

吴冠中先生画的枣树是不是碛口的枣树呢？我不得而知。不过，我在碛口倒是见过一张吴冠中在枣树下画写生画的照片。照片中那位瘦削的面如干枣的老头儿就是吴冠中。他穿着米黄色的风衣，背靠麻石垒起的矮墙，不远处是两棵落尽叶子的枣树，矮墙那边是沟壑纵横的黄土高原。先生的神情相当专注。他看着远方的枣树，还有枣树衬托着的窑洞，画笔在写生板上一下一下地勾勒着，起起落落，时跳时跃，或轻或重，或粗或细。

据说，吴冠中特别喜欢吃枣，也喜欢画枣树。为了画千姿百态的枣树，他曾在一个农户家里住了三个月，天天写生，天天画枣。

碛口，因吴冠中的"发现"而闻名遐迩了。

随后，来碛口写生和创作的画家、摄影家趋之若鹜。碛口，有与城市里不一样的东西。在这个浮躁而喧嚣的时代，似乎什么东西都可以速成或者速配了。而碛口却是不可复制的，一切都是那么安宁而闲适。难怪棕皮肤黑皮肤白皮肤和蓝眼睛黄眼睛黑眼睛的游客来到这里大呼小叫呢。

不过，头一次来碛口的人十之有九不知"碛"字何意。碛，乃水中乱石积成的险滩。碛的特点就是弯急，浪大，石多，水浅。虽然碛字与红枣没有任何联系，但碛口的红枣确实个顶个地好。

碛口位于晋陕大峡谷中段，吕梁山西麓，黄河与湫水交汇处。因湫水河每年夏季暴雨带来的砂石，冲积形成一段布满暗礁的河滩，那些暗礁挡住了浩浩的黄河之水，河面也由四百多米阔急剧收窄为八十多米宽，平静的河水顿时变成滔滔巨浪——谓之碛口也。所以，碛口不是黄河自己造就的，而是湫水在黄河上造就的。

早年间，碛口渡口相当喧嚣繁盛，每天有三五百艘船只靠岸，并行排列延绵数里，卸运货物的场面蔚为壮观。

去西柏坡的路上，毛泽东东渡黄河后经过这里，看到那繁华的景象，禁不住连连称道："这是个好地方，这是个好地方。"

碛口的民居多建于明清两代，依山就势而建，高下叠置，从沟底到塬顶，层层叠叠。建筑形式多以砖拱顶明柱厦檐四合院为主，窑洞连着窑洞，砖、木、石雕及精美匾额比比皆是。街道高高低低，用条石砌棱，用块石铺面。不经意间，就会看到片麻石垒起的墙上用白灰浆刷的四个大字："出售红枣"。字迹拙朴，透着幽默和机智。

我在碛口古镇的巷子里寻寻觅觅，为了探寻红枣文化，也为了探寻红枣与这片土地的特殊关系。遇到院子里的人，常常会唐突的问，做甚呢？我说，没事，看看。问得简单，答得也简单。甚至，问话的人动也不动，一只手撑着头，一只手捏着红枣，照旧躺在青石板上安安静静地晒着太阳。旁边的簸箕里、笸箩里是红红的枣子，也安安静静地晒着太阳。

黑龙庙算是碛口古镇的高处了。

黑龙庙在卧虎山的山腰，正对着湫水河。山门由三道石拱门洞组成（这与碛口其他建筑气息相同）。门上镶嵌着石刻对联："物阜民熙小都会，河声岳色大文章"。靠水生活的古镇，必然要祈求管理水的神，没有这样一座庙，碛口人会魂不守舍的，就像枣树没了根一样。

站在黑龙庙的高处，千沟万壑的黄土高原尽收眼底，一处处沟沟坎坎，一道道山山梁梁上尽是稀稀疏疏的红枣林。粗壮的枣树苍劲雄浑，新栽培的小树，枝繁叶茂。不时，庙门口有枣贩推销红枣，一元钱一小袋，看得眼花，看得嘴馋。

那日中午，我和梁衡、周明、王宗仁等作家在碛口客栈吃了一餐饭，是那种很可口的农家饭。主食是：蒸枣糕，焖小米饭，煮红薯和烀玉米。菜呢——头一道是荞面碗托。其实，这算不得菜，应该算是小吃吧。第二道是大烩菜（五花猪肉、豆腐、茄子、粉条放在一起乱炖），第三道炖黄河鲤鱼。没了。就这些，吃得挺饱。没喝酒。

饭后,我在碛口客栈的墙上无意间发现了一张老照片——一个个子矮小、头戴软塌塌帽子的干瘦干瘦的老头儿正在讲话。一看文字说明才知晓,原来这是民主人士李鼎铭先生在边区政府做报告呢。说的是"精兵简政"和"三三制"吧。窑洞门口一个破旧的枣木桌上摆着一个破旧的搪瓷缸子。里面有水没水,不得而知。

依山面水的碛口客栈,是那种窑洞式建筑,虽然房屋大多斑驳失修,有些残破,却风骨奇峻,幽静且舒适。碛口客栈原名"天聚隆"商号,是当时碛口最大的油行。一条条青石,一排排粗壮的大瓮,一个个大肚子的油篓子,一座座积着厚厚尘土的饮马槽,烙印着昔日商埠兴盛的痕迹。抗战时期,八路军一二〇师在这里开办了"新华商行",经营来往货物的转运,生意红红火火。也屯积了大量的

红枣和粮食，用骆驼和马匹一批一批运往解放区。

黄河两岸是贫瘠的，视野之内除了红枣，还是红枣。

红枣是碛口的乡土树种，有两千多年的栽培历史。这里是全国最大的集中连片枣树栽培区，八成以上农村人口的经济收入依靠红枣生产。这在全国也是绝无仅有的。可以说，枣树是碛口和碛口人的财富。

碛口人心里清楚，碛口红枣是随着碛口古镇的闻名而闻名的。碛口人说，碛口能有今天，应该感谢吴冠中。当然，喜欢枣树的不仅仅是画家吴冠中。作家喜欢枣树的更是不乏其人。

面如重枣——罗贯中好用这个词。关羽一出场，罗贯中就这样写道："面如重枣，唇若涂脂；丹凤眼，卧蚕眉，相貌堂堂，威风凛凛。"不单是关羽，《三国演义》里描写人物面部形象时，"面如重枣"频繁闪现。鲁迅喜欢枣树自然是不用怀疑了。他写道："在我的后园,可以看见墙外有两株树,一株是枣树,还有一株也是枣树。"他写道,"枣树,他们简直落尽了叶子。先前,还有一两个孩子来打他们别人打剩的枣子,现在是一个也不剩了,连叶子也落尽了。"

作家李广田写过一篇叫《枣》的小说，里边有个穿着土蓝布褂子背着粪筐拾粪的傻子，见人就说"俺吃枣"。枣是甜的，他知道。他吃过枣，所以，他固执地认为，枣是世界上最好吃的东西。他愿意吃更多的枣，愿意得到更多的枣，愿意看到树上垂挂着更多的枣。他遇到绿衣邮差说："俺吃枣。"他遇到打柴人说："俺吃枣。"也许，对于他来说，没有比吃枣更快乐更幸福的事情了。

20世纪30年代，沈从文在北京的居所是个小四合院，院里墙角处有两株树，一株是枣树，另一株不是枣树，是槐树。具体地址应该是西安门达子营胡同吧——沈从文给自己的小院起了个名字，叫"一枣一槐庐"。他说，终日有细碎的阳光透过树枝撒进小院，偶有麻雀栖在枝头。显然，那段时间，沈从文的心情不错，他将一个红木小方桌搁在枣树下,清早就开始写《边城》。看来,最先读到《边城》的,不是张兆和,而是树上那些枣子呢。

枣树凝聚的是人的感情,是活生生的做人的道理。枣树见证了历史和变迁,见证了人世间的喜怒哀乐、悲欢离合。前些年北京人艺上演了一出话剧《枣树》。剧情大致是——在一个普通的大杂院,有一棵枣树,这是老奶奶在当年结婚时和老伴亲手种下的,两个人精心呵护,这是他们爱情的见证。风风雨雨五十年过去了,小两口变成了老两口,这棵枣树也变得粗壮繁茂。前几年,老爷爷去世了,老奶奶独自照顾着这棵枣树,每年秋天打下的枣子分给全院的邻居。每到夜深人静,她独自一个人站在树下喃喃自语,人们知道那是她和老爷爷说话呢。然而,小院要拆迁了,枣树保不住了,老奶奶知道之后失魂落魄,整日怅然若失,望着这棵枣树发呆。

碛口的枣林并不规则。东一棵,西一棵,坡上五六七棵,沟涧里七八九棵。成片成片的枣林也是有的,主要在黄河岸边,呈条状带分布。枣树从不浮躁,耐干旱,耐贫瘠,也能耐得住寂寞,具有可贵的韧性。最有活力的当然是那些壮年的枣树,干若铁臂,枝似虬龙,一派挺拔向上的气势,结的枣子也是又多又大。不过,一般而言,枣树的长相很粗糙,疙疙瘩瘩,树皮灰褐色,条裂,枝条韧而不折,且长满利刺。

枣木是极有性格的。木质坚硬,虫不易蛀,古代刻书多用枣木雕版。我父亲是木匠,他使用的刨子就是用枣木做的刨床子,颜色暗红,天然而细密的纹理,愈用愈是光亮。他躬身弯腰,双手用力向前推刨子的侧影,我是那么熟悉。嚓——嚓——一卷一卷的刨花就从刨眼里开出来了。

碛口老街上有一家木雕店,专门做枣木梳子。我们光顾那里时,一位光膀子的师傅正在专心制梳。只见店里柜台上摆放着各种各样的枣木梳。枣木做的梳子,梳头时不产生静电,不伤头皮,能促进脑部血液循环,能乌发能醒神健脑。《本草纲目》中就有"能通经脉、令发易长"的记载。枣木,那硬而沉的木质,特有的纹理和颜色,正好适合制作枣木梳。枣木做的梳子真是个好东西。

我们就要告别碛口古镇时,在老街的拐角处,遇到一群孩子正在玩对对歌游戏。

出东门,
过大桥,
大桥底下一树枣,
拿着杆子去打枣。
红的多青的少,
四五六七八个枣,
一个枣两个枣三个枣。
一边大一边小,
一个西瓜一个枣。
大的大小的小,
一棵大树一根草。

童趣和天真是多么美好啊!——我也禁不住拍起了巴掌。晚霞映照下,枣树衬托着的碛口别有一种韵味。碛口人拥有属于自己的那份快乐和幸福。

我隐隐感觉到,碛口古镇除了粗糙厚实之外,似乎还有某种力量在暗暗传递。虽然我无法知晓这种力量来自何处,但可以肯定的是,碛口人那殷实的小日子及其属于自己的那份快乐和幸福,一定跟红枣有着某种必然的联系哩。

红枣,红枣,红枣。柳条簸箕里晒的是红枣。
红枣,红枣,红枣。柳条笸箩里晒的是红枣。

森林就是我的另一条生命

◇ 成向阳

这是端氏林场平常的一天。

气温、风向、干湿度、抚育中的油松林和刺槐林、正在栽植小树苗的荒山头以及挥汗劳作中的林区工人，与平日似乎都没有什么不同。

眼前蜿蜒上升中的林区简易公路稍微有点不一样，它们延伸至佛庙岭造林纪念碑以上的一段刚刚被挖开，准备埋入一些煤层气管线。

是的，这里除了是中条山林局所属最大的人工林区，还是煤炭、煤层气资源存储丰富的地域。山高石多而土薄，并不是特别适合树木繁育生长。但，这里也正是多年来大面积植树造林的核心区域。

颠簸中行进的护林车刚刚路过的那块黑色造林纪念碑似乎非常普通。它立在一道土埂上，如果不特别留意，你甚至都不会发现它的存在。但对年轻的林区技术员赵新刚来说，五年来每次开车或步行经过这片立着造林纪念碑的油松林，心窝深处都会有所触动。这种感觉很奇妙，很像一阵从很远处吹来的山风唤醒林涛时，一枚松果砰然落地，又咕噜噜地滚进了山窝。

这块黑色的造林纪念碑立起的2007年10月，赵新刚还是一个山西林业学校林学专业的大一学生。而这块纪念碑所纪念的一段历史，甚至要比他如今的年龄更长——1964至1995年，中条山国有林管理局两代务林人曾在佛庙岭周围植树造林480780亩。而纪念碑背面镌刻的造林功臣中，名列第一位的赵红烈，正是赵新刚的爷爷。

碑面上的名字虽已在风雨侵蚀中漶漫不清，名字所代表的一些人虽已在悠悠时光中消逝，但碑后大片随风起舞的油松林却以亮闪闪的针叶昭示着老一代务林人"植树造林，功荫千秋"的不朽勋绩。

赵新刚此时显得非常平静，这个黑黝黝的脸上还带着几分少年气的技术员身上有种特别吸引人却又让人说不太清楚的东西。那是单纯、自信、沉稳而骄傲等种种品质复合在一起时产生的哑光，很钝，很重，不张扬，不炫目，却又让接近他的人必须保持郑重其事的一份敬意。

黑色的旧皮卡护林车在赵新刚的操纵下驯顺而有节奏地颠簸前进着。与皮卡老爷车一起在盘旋而狭窄的山路上颠簸着的，还有后车斗里拉的一把木柄锄头、一把铁水壶、一大盘细铁丝和很多灰色尼龙袋，以及前车厢副驾位上坐着的我，还有后座上已经沉默了一路的曹梁艳。

小曹从上车之后就没说过话，只是安静地听我有一句没一句地和赵新刚说着林区的事儿，怎么育苗啦，什么时节造林啦，德国人是怎么养护森林的啦。

赵新刚一边耐心地回答我幼稚的非专业提问，一边开车。自从在沁水县郑庄进山口接上我们之后，他也没有刻意和小曹说过一句话。

一瞬间，我甚至有点起疑：后座上的曹梁艳真是赵新刚的妻子吗？赵新刚真是曹梁艳的丈夫吗？我是不是又误判了呢？

来到林区的这两天，平常熟悉的世界忽然间撤向远处，很多自以为坚定无比的人生经验、自以为正确无疑的事物以及它们之间貌似清晰的逻辑关系忽然都脆弱可疑起来，这让我时时处处显得懵懂、木讷而多疑。比如，我自以为小曹是个活泼开朗如百灵鸟一般的年轻姑娘，但为什么她一进林区就忽然沉默不语了呢？

小曹是陪着我，从侯马市的中条山国有林管理局机关来端氏林场采访的。

不，应该说，小曹是陪着我，特意来林场看一看她已经两个月没回过家的丈夫赵新刚的。

赵新刚忽然开了一个玩笑。他说，这个老爷车开惯了，自己已经开不惯其他车，尤其是开不惯家里的自动挡车。

"一上车，我这个脚呀，就不自觉地要四处找离合。唉，离合哪去啦？"

赵新刚每天工作的林区工地，离端氏林场场部有几十公里。他如果偶尔想回个家，得先从工地回到场部，住一晚上，第二天一早才能换开自家的自动挡车跑高速回侯马。

"所以，我很少回家，（车）都不太习惯我了！"

那么，两个月不见面的夫妻，不是应该急切而亲密地说点什么吗？

但是，他们从一见面起到现在，竟然都奇怪地不说话。

难道，是我的存在，妨碍了这对夫妻之间本该有的亲密交流？突然意识到这一点的时候，我有一点尴尬，于是赶紧转变话题问赵新刚："你——和小曹一样都是90后吧？"

赵新刚说："我是1988年出生的。"

后座上的小曹这时说出了她上车后的第一句话:"人家还以为我是1993年的呢!"说完这一句,小曹又陷入了沉默。

两天前,在中条山国有林管理局机关荣誉展示厅,我第一次遇到曹梁艳,她非常专业地为我讲解了林局自1948年组建以来的五个发展阶段。那时我曾问她,你一定是1993年、1994年生人吧?这么年轻。她调皮地笑一笑说:"是啊!"

但赵新刚并没有接妻子的话,而是顺着刚才新起的话头介绍起自己的工作履历来。

"我是2010年4月参加工作的。那会儿我还是个学生,正在参加学校组织的实习。当时咱们中条山国有林管理局恰好招考子弟,我就赶紧回来参加了考试。你不知道,咱们林局已经有十几年没有招过子弟了。我非常期待这个机会,于是就积极备考,顺利考进了林局消防队第二大队。在那里工作了8个月,我又考进了林局设计大队,在那里我工作了整整四年,跟着设计队跑遍了中条山林局下面的十多个林场和四个自然保护区,全面细致地了解了咱们林局的资源情况,也学会了森林施工设计的种种技术,给自己将来的工作打下了一个比较牢固的基础。但我心里想的,其实还是到林场一线做个技术员。所以我2015年1月就到了咱们端氏林场。

"我之所以要来这里,是因为我爷爷、我爸爸年轻的时候都在这个林场干过很长时间,付出过许多心血。所以我呢,也想从这里重新开始。"

这时我们的护林车已经开上山顶,似乎没有尽头的林区公路仍在沿白色的桩杆向前延伸。

公路一侧是一个名叫香沟的植树造林施工现场。站在山头四面眺望,顿觉天地广大,心胸顿开。山峦层叠绵延之间,色彩从远至近各不相同。视野尽头的群山,在高天之下显现着微微的蓝色,天与山神秘相融之处,朦朦胧胧看不清植被。然而随着视线的逐步拉近，山色开始渐变为灰蓝和墨绿，尤其是那一线随着山脊跌宕起伏、延展不绝的墨绿色植被令人印象至深。

那是一道绿色的边界，那也是一个再造生命的象征，那一线之内广大的高山深谷，曾有两代护林人活跃其间，用尽心血，栽松植槐。此刻，那些植满了绿色生命且已蔚然成林的四方山峦奔腾踊跃，呼啸而来，又一个急停止步，在我们眼前汇成一道道浅绿色的深沟。

脚下的沟壑纵横盘桓，绿草红花沿着沟坡盈满视野，但沟底却还没有一棵站立着的树木。而新一代务林人的脚步已经来到了这里。这里，就是他们呼应前辈的召唤，向着未来绿化天地的崭新战场。

十多个男女林场工人头戴草帽，正沿着放置好的白色造林线挥动锄头和铁锹挖掘树坑。这是端氏林场援助地方政府的一个集体造林项目工地，从20世纪60年代初开始造林至今，端氏林场已经完成了林区范围内全部造林任务，目前已经没有任何空余的造林工地。

近年来，他们会经常性地给林区周边地方政府的集体林项目提供技术和人力支援。眼前这个项目就属这种援助性质。

赵新刚抚弄着一株刚刚栽下的树苗问我："你知道这是什么树吗？这是翅果油树苗。它是第四纪冰川运动后遗留下的古老树种，和恐龙是一个时代的。"

"这种翅果油树，被《人民日报》誉为神奇的国宝。目前，全世界唯咱们中国独有，而在华北地区，只咱们中条山林区才有。这种树为什么是国宝呢？老人们说它刀砍不死，雷劈不倒，所以才可以生生不息，顽强存活至今两百万年。它是非常好的经济作物，果子可以榨油，它的油可以食用，可以入药，还可以入肥，让小麦大幅增产。"

我问赵新刚，在林场一线工作这么多年，你对林区、对森林可有什么特别的感受吗？

赵新刚带着少年稚气的脸上掠过了一丝羞涩，但他又几乎在一瞬之间就恢复了镇定。他身上的这种超越年龄的镇定、沉稳与自信从见面的第一刻起就触动了我，并在一路上的交流与观察中反复让我感到惊讶。这种触动与惊讶，我在那些革命战争年代里的青年俊杰与仁人志士身上也曾有所体会。我感到，似乎有一种坚定的看不见的东西隐藏在他们的血液深处，使他们能够在完全自洽状态中摆脱平庸，在熙熙攘攘的人群里显得卓然不群。但他们其实又是平凡的，多数时候甚至是粗糙而羞涩的，而在关键时刻，却又能顶天立地，锋芒闪烁。

我相信，这种隐藏在年轻生命中的坚定而看不见的东西是有其源头与出处的，它正是我们这个时代众多年轻人身上所稀缺的。而我来到中条山林区的使命，不正是寻找并发掘它们吗？

赵新刚说："从事林业行业久了，会感觉森林就是自己的另一条生命，内心深处总有一根牢牢的纽带把森林和自己的灵魂紧紧绑在一起。漫山遍野生机盎然之时，我便满心欢喜，但森林遭受损害之时，内心就会像儿子受伤一样感到揪心的疼。"

在听他近乎呢喃地说出这几句话时，我忽然觉得这些话好像在哪里听到过，但似乎又不太一样。

我想了一想，问他："你有没有看过一本叫《秋与春》的书？这本书的作者是一个俄罗斯护林员，叫谢尔古年科夫。他年轻的时候，曾放弃记者工作，跑到大森林里做了九年的护林员。他在书里说过和你上面那几句特别相似的话，说得特别让人心动。你真没看过这本书？"

赵新刚又羞涩了："我真的没看过。我现在，其实很少有时间看书。

"我们林区工作，不像外人想的那样单纯、那样诗意、那样悠悠自得。你看，我是做技术员的，我的本职是负责设计和技术，但并不是说我只做好项目设计和技术施工就完了，就可以不管其他。

"在林区，我们各自的确是有自己的责任，但林场工作没有那么细致的划分，没有那么清晰的边界，没人给你画一条线，你也不能自私，不能自扫门前雪。我们林场是一个集体啊，我们林场的人都是兄弟，是战友啊。遇到急事难事，兄弟们要一起上。我帮他们，他们也帮我，这就是林场工作。所以，我现在没有多余的时间用来看专业以外的书，我每天都焦虑得很。

"你看，那辆水车，它很可能说不定什么时候就坏半路上了。它很珍贵，很重要，这个地方降雨量可是不够。它一坏，好多工作就做不了，好多树就浇不上水，我就得赶紧联系技工来修理。你看，那边的村庄，说不定什么时候林区工作就会涉及村里什么事，我得赶紧跑过去做村民的沟通工作。总之，我得不停跑路。我真没有时间坐下来，看看书。但你说的这本书，我想找来看看。

"你说的对，年轻人还是要尽一切可能多读读书。时代不同了，面向未来,我们这一代务林人应该不断学习。我们得先脚踏实地,更清楚、更全面、更深刻地了解掌握自己脚下这片林地,熟悉它,亲近它,爱护它,把基础做牢做实,然后再去发现森林可持续经营与发展的可能性,然后再去寻求创新。"

有人在造林施工现场远远地喊:"赵工——"赵新刚有点为难,不好意思地看了看远处,问我:"你看,还有些什么需要我补充的吗?"

我不甘心让他就这么走掉,于是说:"工作和生活上面,有什么特别让你难忘的人和事,可以讲讲吗?"

赵新刚看看远处等着他的工人,又看看站在一边的妻子小曹,最后咬了咬嘴唇说:"他们都在等我,我就说上一件。

"2015年3月29日,这一天我记得特别清楚。那时候我刚来这边不久,林场就发生了火情。那一天风大,风助火势,很快就蔓延到了我们人工抚育林的周边地带。当时,我们周围有许多施工车辆,而身后就是上万亩的林子,如果林火烧过来,人、车和后面的林子一瞬间就可能被烈火吞掉。

"我当时看着大火在远处烧着林子,看着火苗从空中蔓过来,心里头特别难过。这种难过是真的,但外人可能体会不到。发现火情的时候,我们副场长当时正在施工现场,他让我们赶紧先转移车辆,然后告诉大家不能害怕,就是死,也要先顶上去赶紧扑火。

"我当时没来得及多想,就和大家一起上去了。林局消防队和周边林场的职工也紧急赶来支援。到了晚上,我们终于把林火给控制住了。那个晚上,在烟灰扑面的山头上,我忽然就看到了我爸。我爸赵忠勤当时是在北坛林场唐家管护站工作,因为和我们端氏林场同属沁水县,他是先跑过来支援救火的一批人。

"我爸在救火的人群里也看见了我。我爸就走过来,把手里的消防水枪给了我,我也赶紧把手里配发的一根火腿肠给了我爸。

"那天,其实是我爸的五十一岁生日。他是农历二月初四生的,刚好就是那一天,我记得特别清楚。"

赵新刚显然有一点激动,也有点哽咽,但仍然语速飞快,没有停下来:

"我从小就是在务林人家里长大,从小耳濡目染,我早就知道一个务林人什么该做,什么不该做,什么是你必须做的,什么是你做不到的。这个不需要别人来告诉你。说到我们家庭,我爷爷亏欠着我奶奶,我爸亏欠我妈,如今,轮到我亏欠她了。

"现在我们80后、90后这一代都响应国家政策,准备生二胎,但是我没有这个条件,所以也就没有这个想法。我妈妈身体不好,我不能再麻烦她。

"对我妻子的这种亏欠,我每次回家都想拼命地弥补,但这实在是补不了的。我回到家里,只能拼命想办法做点她最爱吃的。"

"她最爱吃什么?这个……你还得问她自己。"

赵新刚终于说完了。他长长地吁了一口气,好像刚才的一番话用光了他蓄积许久的力气。而站在一边专心听我们说话的小曹这时忽然就背转过身去。

良久,她又转过身来,眼睛亮闪闪的,拿着手机对我们说:"呀,我怎么就拍不出这片山头特别的美呢?"

但我知道,她刚才转过身去,其实并不是去拍那片特别美丽的山头的。

有一种更美、更动人、更真实有力的东西,刚刚在他与她之间发生、传递,并被我所体会。

赵新刚已经快步走向了远处那呼唤他、需要他的地方,而他的妻子小曹这时才终于有机会追过去和丈夫说上几句话。

山野阔大,芳草盈野,蝴蝶在飞,山风在吹,穿一身林区迷彩服的他大步在前,穿白色休闲衣的她紧追在后,山坡上的阿拉伯黄背草丛深深的,似可供他与她依依穿行。

但他们毕竟也没有说成什么话。她只有三两次机会接近急匆匆前行的他,伸手为他扑扑迷彩服上的灰,低头为他摘摘那些山野留在他身上的刺。

因为,我们也要马上离开这里,匆匆奔向下一个林场了。在中条山的怀抱中,还有很多像赵新刚这样的新一代务林人,正在他们平凡、忙碌、艰辛而寂寞的工作岗位上像守护生命一样守护着祖国的森林。这些崭新的森林之子,像他们当年的祖辈、父辈一样,正在为中条山森林事业奉献着自己的青春,正以满腔热血书写新一代务林人的志向与担当。

我们要去寻找他们,亲近他们,学习他们。他们是挺立在中条山深处的生态脊梁,他们是我们这个时代急需的最可爱的年轻人。

南潭泉记

◇ 梁 衡

霍州之下马洼村，因唐李世民过此下马而得名。儿时记忆中是一个极美丽的山村。两山一沟，东西走向。窑洞顺北坡而下，高低错落，掩映于黄土绿树之间。鸡犬相闻，炊烟袅袅，有如仙境。南山为翠柏所覆，村民推窗见绿，天生画屏。沟里有三条小河穿村而过。我家院子临近沟底，前后各有一河，朝洗青菜门前溪，夜闻窑后水淙淙。南山之顶不知何年修了文昌阁、文笔塔各一座，倒映于山下池中，取"巨笔砚影"之意。而沟底的杨、柳、椿、槐，为追探阳光，与两山比高，千树如帆，一沟绿风，为远近闻名之奇景。

村中多泉，大小十余处，最美数南潭泉。泉贴南山之根，有一老杏树护于泉上，青枝绿叶，如华盖之张。环泉一片杏林，杏林之上是连绵的古柏，堆绿叠翠，直上蓝天。泉不大，仅一席之地，甘洌沁脾，无论雨旱，涌流如常。水极清，沙粒颗颗、鱼虾往来，清晰可见。杏叶筛落一池阳光，水波陆离万变，宛若龙宫之穴。水极静，从沙中轻轻泛出，如鱼吐泡，细流漫淌，汇于数十步外的一个池塘中，蓄以灌田。池上一大沙果树，偶有鸟啄果落，叮咚有声。杏熟时，孩童攀援于树，如猿之影。

南潭泉在村人心中是神泉、药泉，可去灾、可保命。天有大旱，于此求雨，屡屡有应。人有病，来提水一罐，涤肠洗心。家父31岁时得大病，一年不起，高烧不退，渐至垂危。有老者说，人临走也须还一个清凉。遂到南潭取水一罐，缓缓灌下，未想竟起死回生。遇有山洪暴发，数日内河水不清，而密林中的南潭泉则神清气定，清澈如镜，为全村最后之备用水源。每到夏日，割麦打场，酷日当头。人嗓子里冒烟，牲畜顺毛流汗。大人抢夏，孩子们的任务就是到南潭提水。人喝畜饮，暑气顿消。取水多用孩子，合童贞之纯；必用瓷罐，表质朴之心。不怕头上三尺火，一片冰心在罐中。南潭泉永是村人心中一道清凉的风景。

我是20世纪50年代离开故乡的，南潭美景时在梦中。本世纪初某日，有村干部来京，说因开煤矿，全村已河断泉枯，水声不再，杏林不存。我心中怅然有失，断了相思，碎了旧梦。2017年春节回乡，忽闻喜讯，县里发展旅游，将重修南潭泉，追回旧时景。

凡村不可无水，或河或井，最好有泉。才从地心来，又在人心上流。顾盼其影，潺潺其声，一村之魂。我八岁离乡七十回，真正够得上少小离家老大还了，故乡已几经沧桑。六十年一甲子，风水今又转了回来。

南潭归来，山水之幸，吾乡之幸。

后 记

今年是中华人民共和国七十华诞。为总结回顾新中国成立以来山西省直属林区及全省生态建设成就,讴歌务林人的奉献精神,用生动故事诠释"人与自然是生命共同体"和"绿水青山就是金山银山"的新时代发展理念,我们组织创作了《晋美看森林》这本散文及报告文学集。

参与创作的作家在六七月间,各自深入林区进行采访,并在很短时间内创作了一批文学作品。在作品中,作家们用饱含深情的笔触,呈现了自然之美和生态之美以及务林人的心灵之美。

为了搞好此项工作,我们还专门成立了组委会。组委会办公室设在山西省林草局林场和种苗处,具体负责活动日常组织协调工作。梁廷杰、王治明、韩杲宏、张振飞、肖文平、韩福元、胡晋焘、王玉龙、张忠泽、夏小岗等也在作家采访和创作过程中提供了支持和帮助。一并致谢!

《晋美看森林》创作组委会
2019年8月